わが友の旅立ちの日に

安野光雅

山川出版社

お前はピエロ
お前はピエロ
あんまり上手に
バイオリンをひ

お前はピエロ
お前はピエロ
ピエロ会社の
大社長
そんで平

お前はピエロ
お前はピエロ
お前は
一人で
まるかいて
あそべ

お前はピエロ
お前はピエロ
ターザンのまねするな
ポパイのまねするな

お前はピエロ
お前はピエロ
お前のかあさん
でべそ
おまえの父さん
へそまがり

お前はピエロ
お前はピエロ
赤鼻
大口
どんぐりまなこ
化粧しなくて
そのままでピエロ

お前はピエロ
お前はピエロ
お前の髪はかつら
おまえの歯は入れ歯

お前はピエロ
お前はピエロ
お前の脈は百から二百
お前の熱は六十度

お前はピエロ
お前はピエロ
悲しかったら笑え
おかしかったらお泣き

お前はピエロ
水のんで眠れ
お前は水のんで
酔っぱらって眠れ

はじめに

「僕たちはもう子どもではない」と意気込んでいた、すこしニキビがではじめたころのことをおもいだします。

小学校でいっしょに遊んだ仲間たちは土地の中学校へ行き、わたしは他所《よそ》の学校へ行きました。夏休みがきて、わたしの家に数人の友達が集まりました。

わずか数ヶ月の間に、見ちがえるほど背が伸びたものもいたし、顔にニキビがふきだしているものもいました。たしか十四歳くらいのころだったとおもいます。

その中にいた藤井信義という友達が「おまえ理屈を言うのは好きか」といいはじめました。理屈とはどんなことかと聞くと、

「たとえば点とは何か、ゼロとは何か、というようなことだ。うんと考えて、そしてだれも反対できないほどの理屈が生まれたら、納得するんだ」といいました。

わたしの田舎で理屈といえば、「へりくつ」とほとんど同じ意味です。それが

「数学の世界でも通用しているのか」
「幾何《きか》の教科書にあった気がするが、いままでふつうにつかっている言葉じゃあまずいのか」と言ってみると、藤井は
「まだるっこしいようだが、幾何は、定義といって、誰もが納得のいく言葉を決めておいて、それから考えを進めるんだ。ふだん使っている言葉でも、理屈が好きなものは、それをもう一度、考えてみるんだよ」
と言いました。わたしの家に集まったものがみんな理屈が好きというわけではありませんでしたが、わたしは
「「点」という言葉もそうだ。位置だけあって大きさのないもの、といわれると、わかるものもわからなくなる。幾何を習うまえは、点といったら、空の星とか、ごま粒とか、まあそんなものだった。それなのに、大きさがないといわれると理屈を言いたくなるのもむりはない。コンパスの先の針でテンを打っても、よく見ると大きさがあるではないか」。だから、「線とは位置だけがあって幅がない」と。そんなことが幾何の教科書に書いてあると、
「じゃあどういうことなんだ」と理屈を言いたくなるのでした。

そのとき、ノートの上に下敷きを置いていました。「このノートと、下敷きとの境目は線にみえるけど、これには幅がないぞ」ということになりました。遊んでいるにしては、いい考えだと自分たちだけで納得しました。あのとき、世界を震撼《しんかん》させる（ふるえあがらせる）幾何学者が、少なくとも二人誕生するはずだったのに、一人は警官となり、一人は絵描きになってしまいました。

でもまあいい、大人になって読んだ幾何学の本『わかる幾何学』（秋山武太郎、日新出版）には、「そういうことは忘れてもいい」と書いてあったのです。せっかく理屈を言っていたのに、がっかりはしましたが、これはいい本です。

その後、伏見《ふしみ》康治《こうじ》（理論物理学者）に会ったとき、夏の日のあの「線」の話をしたところ「ホホウそれはおもしろい」と言われたので、ちょっといい気分でした。

幾何の時間がきて「任意の一点」という用語や考え方を、習いました。「君の好きな場所ならどこでもいいから一つの点を決めなさい」ということらしいが、これを漢語ふうに「任意の一点」といわれると、なんだか大人と認められたような気になって、まんざらでもありませんでした。

「好きなところというのなら、このノートをはみだしてもいいですか。もっと遠くの山のてっぺんに点を決めてもいいのですか」と、理屈をいったら、「いい」ということだ。任意というのは、自分で勝手に決めていいのだ、自由なんだ。その、「任意の一点を通り、ある線分に平行な直線は一つだけあり、一つしかない」という、幾何学の言い方に感動したと、黒井《くろい》千次《せんじ》（作家）が、書いています。

「三角形の内角の和は二直角である」

という。これは言葉を尽くして幾何学として証明できることですが、ここでは、画用紙の上に、任意の三角形を描き、その三つの角に「しるし」をつけておいて、それを鋏《はさみ》で切ってならべて確かめると、手品のようにわかります。

どんな三角形でも、だれがやっても二直角つまり、一八〇度の直線上に並ぶのをみて、わたしは、「なんと自然はうまくできているのだろう」と、とても感激したことがあります。

本当にわかったときは大なり小なり、驚くものです。これは幾何学にかぎらず、恋の問題もおなじです。道に迷った時もおなじです。なんの感興《かんきょう》もわかなかったら、わかったことになりません。

なぜか、それはむかしその（ここでは三角形の内角の和は二直角という）秘密を見つけた人は、きっと驚いたに違いないのですが、その驚きを追体験して自分のものにしたかどうか、ということなのです。

わたしは、遠山啓《とおやまひらく》先生（数学者。『無限と連続』〈岩波新書〉などの著書がある）に「「三角形の内角の和は二直角」という定理は、誰が決めたのでしょうか。決めたとしたら人間ですか、それとも（人間ではなくて）自然の摂理《せつり》（自然界を支配している秩序）でしょうか」ときいてみたことがあります。

大人になって、こんなことをきくのは恥ずかしいがしかたがありません。先生は「人間が決めたわけではない。自然の掟でもあるかのように隠れていたものを、昔の人が発見したんだ」

「ではゼロというのは、どうなんでしょう、なんにもないことをいうらしいけど、透明人間のようにつかみどころがないようにおもいます」

「ただ、なにもないからといってゼロなのではない。あるべきところに、ないことがゼロなのだ」

といわれました。たとえば皿（あるべきところ）の上にリンゴがないときにゼロであり、三個載っていれば3なのです。

わたしは、納得しました、そしてかすかな興奮もありました。

このごろは時代が変わって「若い人が本を読まなくなった」と言われています。若い頃から、本が大好きだったわたしには信じられませんが、いまは携帯電話で写真が撮れたりゲームができたりする時代です。むかしは電話のある家が少なかったし、テレビも無かった。時代が変わったのだから、本を読む人が少なくなったというのは、本当かもしれません。

言葉の問題もあります。

テレビに感化されて、代議士のように「こんな風に考えております」と言ってみたり、お料理の味見をする人でも「う、うまい」などと言います。むかしは「おいしい」と言いました。「うまい」というのは男の言葉でした。

「拍車がかかる」とか、「歯止めがかかる」とか、要領のいい言葉もたくさん使われますし、フィギュアスケートやサッカーの中継放送でも、術語が多すぎます。黙っていてもすむことを、術語でいわれることが多いとおもいます。これは実際にボクシングや野球を見に行くと、そのような騒々しい解説はありません。びっくりするほど静かです。

政治討論の場も、できるだけ成句《せいく》（きまりもんく）や術語（わかっている人の間でしか通じない専門用語）にまかせず、ふつうに話してもらうと、見ている人にとってはわかりよいとおもいます。話すということは直接会っての会話が本当のすがたです。テレビの場合のように間接になると、話す人が独り言を言っているような場合がでてきて、説明されても、充分にその人の考えが伝わらないこともあります。

このごろ、方言で話されるときに、字幕がはいることもあります。これは視聴者のためかとおもいますが、方言は専門用語よりもよくわかります。

時々使われる「遺憾《いかん》の意を表す」という言い方がありますが、遺憾とは、「思い通りにいかず心残りだ」という意味で、「遺憾の意を表す」といっても、「申し訳ない」と詫びている意味にはなりません。

まだいろいろあります。あまりたくさんあるし、人のことは言えないのでやめますが、ひとことで言うと、むかしのように、本の中から言葉が出てくるのではなくて、テレビから出てくる言葉が共通の言葉になろうとしています。

「癒《いや》し」とか「絆《きずな》」とか「無縁《むえん》」などと、その言葉自体に罪はないのに、流行語になったり、流行語にしたりすると、軽薄な感じになってしまいます。「癒されてみませんか」「訪れてみました」というような言い方は、もともと言わなかっただけでなく、聞いていてもむずむずします。

これは、もっと本を読んでもらいたいというための言いがかりですから、悪くおもわないでください。

そこで「あらためて、日頃考えていたことを本にするといい」と、山川出版社にいる酒井という人が言ってくれました。たまたま、むかし若い人に向けて書いた本が絶版になったので、「今読んでもいいように、新しく書いてもらいたい」といわれました。

この出版社はわたしの『口語訳　即興《そっきょう》詩人《しじん》』を出したところです。

いくら時代がかわっても「本を読んで、自分で考えることが大切なことはかわらない」と、わたしは信じています。山川出版社の人たちもそうでした。だから、この本を書きなおそうという話になったのです。そこで、できるだけわかりやすく書いたつもりです。

わが友の旅立ちの日に　目次

お前はピエロ

装丁・画　安野光雅

わが友の旅立ちの日に

津和野の木部（きべ）という村です。もう海に近いところです。

1　ドメニカの別れの言葉

わたしが山川出版社から出した『口語訳　即興詩人』（アンデルセン作／森鷗外《もりおうがい》訳）は、もともと文語体で、いまとなっては読む人が少なくなって惜しいこと、そして二〇一二年が鷗外の生誕一五〇年にあたること、わたしの青春の本であったこと、それに森鷗外はわたしと同じ津和野の生まれであることなどの理由が重なって、わたしには分《ぶ》のすぎる口語訳をしたのです。ところが、鷗外の孫にあたる里子さんという方から、読んでとてもおもしろかったので、とうとう文語体の『即興詩人』も読み終えました、という手紙をいただきました。近頃、こんなにうれしかったことはありません。

この本のなかで、いちばん感動したところと、僭越《せんえつ》にも、やや問題がある、と考えた二つの箇所をあげて、読書の参考にしてほしいとおもいました。

いうまでもなく『即興詩人』は、アンデルセンの原作です。その内容には、原作者自身の人生が反映しているといわれています。

『即興詩人』の主人公は、アントニオといいます。ローマのバルベリーニ広場の近くで生まれました。お母さんと二人暮らしでしたが、たのしみにしていたジェンツァーノの花祭りにでかけた日、暴走してきた馬車にひかれるという、まったくおもいがけない事故で、お母さんが亡くなり、アントニオは孤児となります。

しかし、有名なスペイン階段をなわばりにして（ものもらいを仕事にする他ない事情があり、「スペイン階段の王」とあだなをつけられて）いる伯父があるにはありました。でもお母さんは、この伯父を敬遠していました。

「スペイン階段の王」は、わずかばかりの遺産をねらって、強引に幼いアントニオをひきとりますが、アントニオはその手を逃れます。母の友達たちの相談の結果、モデルを仕事にしていたマリウッチャの両親がカンパーニャの野で牧場の仕事をしているから、しばらくそこへあずけようということになります。

何という運命なのでしょう、おさないアントニオが、そのカンパーニャであばら屋の戸をあけたとたんに水牛に追われた人がかけこんで、その人の命を助けた結果になったとき、その助けられた人は植物採集のために野道を歩いていたボルゲーゼ公爵という偉い人でした。今もローマにはボルゲーゼの名を冠した公園や館や美術館などがあります。

そして、また何という偶然なのでしょう、もっともその頃はおもいがけない偶然が小説の役割りでしたが、あのジェンツァーノの花祭りの日、母をひいてしまった馬車に乗っていたのは、このボルゲーゼ公爵だったのです。

ボルゲーゼ公は、この奇遇に、感謝し、自分の屋敷に住みこんでもらって、ともに暮らし、学資も出して、この聡明《そうめい》な子に学問をさせたい、と提案するのです。

その提案はまとまり、その約束の日がきて、アントニオと、ドメニカ（カンパーニャでアントニオのめんどうを見てくれたおばあさん）は、二人でボルゲーゼ家を訪ね、おもてなしを受けてその日は帰るのですが、明日からアントニオはそこへ住むことになるのですから、二人の帰り道は、別れの道ともなるのです。

そのときドメニカの口をついて出た言葉は、悲しくも美しい言葉でした。

わかりよく書いた口語文より、ここは鷗外の原文をかかげます。むつかしいかもしれませんが、ゆっくり判読してください。口語文は山川出版社で出ています。

……ボルゲエゼの主人《あるじ》の君は、「ジエスヰタ」派の学校の一座を買ひて我に取らせ給ひしかば、我はカムパニアの野と牧者の媼《おうな》とに別れて、我行末《ゆくすゑ》のために修行の門出《かどで》せんとす。ドメニカは帰路に我にいふやう。我目の明《あ》きたるうちに、おん身と此《この》野道行かんこと、今を限《かぎり》なるべし。ドメニカなどの知らぬ、滑《なめらか》なる床《ゆか》、華《はな》やかなる氈《かも》（じゅうたん）をや、おん身が足は踏むならん。されどおん身は優しき児《ちご》なりき。人となりてもその優しさあらば、あはれなる我等《ら》夫婦《めをと》を忘れ給ふな。あはれ、今は猶《なほ》果敢《はか》なき焼栗《やきぐり》もて、おん身が心を楽《たのし》ましむることを得るなり。おん身が籐《とう》を焚《た》く火を煽《あふ》ぎ、栗のやくるを待つときは、我はおん身が目の中に神の使《つかひ》の面影《おもかげ》を見ることを得るなり。かく果敢《はか》なき物にて、かく大《おほい》なる楽《たのしみ》をなすことは、おん身忘れ給ふならん。カムパニアの野には薊《あざみ》生《お》ふといへど、その薊には尚《なほ》紅の花咲くことあり。富貴の家なる、滑《なめらか》なる床《ゆか》には、一本《ひともと》の草だに生《お》ひず。その滑なる上を行くものは、蹉《つまづ》き易《やす》しと聞く。アントニオよ。一たび貧《まづし》き児となりたることを忘るな。見まくほしき物も見られず、聞かまくほしき事も聞かれざりしことを忘るな。さらば御《おん》身は世に成りいづべし。我等夫婦の亡《な》からん後、おん身は馬に騎《の》り、又は車に乗りて、昔の破屋《あばらや》をおとづれ給ふこともあらん。その時はおん身に揺《ゆ》られし籃《かご》の中なる児《ちご》は、知らぬ牧者の妻となりて、おん身が前にぬかづくならん。おん身は人に驕《おご》るやうにはなり給はじ。その時になりても、おん身は我側《わがそば》に坐して栗を焼き、又籃を揺りたることを思ひ給ふならん。言ひ畢《おは》りて媼《おうな》は我に接吻《せっぷん》し、面を掩《おほ》ひて泣きぬ。我心《わがむね》は鍼《はり》持て刺さるる如くなりき。この時の苦しさは、後の別《わかれ》の時に増したり。後の別の時には、媼は泣きつれど、何事もいはざりき。既に閾《しきゐ》を出でしとき、媼走り入りて、薫《くゆり》に半《なか》ば黒みたる聖母《マドンナ》の像を、扉《とびら》より剥《は》ぎ取りて贈りぬ。こは我《わ》が屢ゝ《しばしば》接吻せしものなり。まことにこの媼が我におくるべきものは、この外《ほか》にはあらぬなるべし。

これを読んでいるとき、わたし自身が言われているように感じました。そしてドメニカばあさんのいうように生きていこうとおもいました。

2 『泣いた赤おに』のこと

次に、少し問題がある、と考えた「アマルフィのできごと」について書こうとおもいますが、その前に、童話の『泣いた赤おに』のことを書いておきたいとおもいます。

それは、浜田廣介《ひろすけ》という人の書いた有名な童話です。

これは、むかし道徳教育のテキストに載《の》ったことがあります。ここでおさらいしてみましょう。

あるところに、ほかのおにとはちがう気持ちをもったおにが一人で住んでいて、

「わたしは、おにに生まれてきたが、おにどものためになるなら、できるだけよいことばかりをしてみたい。いや、そのうえに、できることなら、人間たちのなかまになって、なかよく、くらしていきたいな。」

と考えました。そしてある日、自分の家の前に、次のようなたてふだをたてました。

「ココロノ　ヤサシイ　オニノ　ウチデス。

ドナタデモ　オイデ　クダサイ。

オイシイ　オカシガ　ゴザイマス。

オチャモ　ワカシテ　ゴザイマス。」

このたてふだを読んだ二人のきこりが、

「さては、だまして、とって食《く》うつもりじゃないかな。」

「なあるほど。あぶない、あぶない。」

といって逃げていきました。赤おにはがっかりしてたてふだをこわしてしまいますが、そこへ仲間の青おにがやってきて、なあるほど、

「そんなことかい。たまにあそびにきてみると、そんな苦労で、きみは、くよくよしているよ。そんなことなら、わけなく、らちがあく（きまりがつく）んだよ。ねえ、きみ、こうすりゃ、かんたんさ。ぼくが、これから、ふもとの村におりていく。そこで、うんとこ、あばれよう。」

「じょ、じょうだんいうな。」

と、赤おには、少しあわてていいました。

「まあ、きけよ。うんと、あばれているさいちゅうに、ひょっこり、きみが、やってくる。ぼくをおさえて、ぼくのあたまをぽかぽかなぐる。そうすれば、人間たちは、はじめて、きみをほめたてる。ねえ、きっと、そうなるだろう。そうなれば、しめたものだよ。安心をして、あそびにやってくるんだよ。」

「ふうん。うまいやりかただ。しかし、それでは、きみにたいして、すまないよ。」

「なあに、ちっとも。水くさいことをいうなよ。なにか、ひとつの、めぼしいことをやりとげるには、きっと、どこかで、いたい思いか、損《そん》をしなくちゃならないのさ。だれかが、ぎせいに、身がわりに、なるのでなくちゃ、できないさ。」

なんとなく、ものかなしげな目つきを見せて、青おには、でも、あっさりと、いいました。

「ねえ、そうしよう。」

ということになり、このこころみは成功します。村人たちには赤おにがやさしいおにだったことがわかり、赤おにの家に人が集まってお茶やお菓子をごちそうになるまでになりました。

赤おににはすこしも淋しいところはなくなったけれど、やがてこころのなかにきがかりなもののあることに気がつきます。それはほかでもない、この頃少しもたずねてこなくなった青おにのことです。赤おには、ともかくこちらからたずねて行ってみようと思いたちます。そして、赤おには、青おにの家の戸のわきに、はり紙がしてあるのを読むことになります。

アカオニクン　ニンゲンタチトハ　ドコマデモ　ナカヨク　マジメニツキアッテ　タノシク　クラシテ　イッテ　クダサイ。ボクハ　シバラク　キミニハ　オメニ　カカリマセン。コノママ　キミト　ツキアイヲ　ツヅケテ　イケバ、ニンゲンハ、キミヲ　ウタガウ　コトガ　ナイトモ　カギリマセン。ウスキミワルク　オモワナイデモ　アリマセン。ソレデハ　マコトニ　ツマラナイ。ソウカンガエテ、ボクハ　コレカラ　タビニデルコトニ　シマシタ。ナガイ　ナガイ　タビニ　ナルカモ　シレマセン。ケレドモ、ボクハ　イツデモ　キミヲ　ワスレマスマイ。ドコカデ　マタモアウ　ヒガ　アルカモシレマセン。サヨウナラ、キミ、カラダヲ　ダイジニ　シテ　クダサイ。ドコマデモ　キミノ　トモダチ　アオオニ赤おには、だまってこの手紙を読み、戸に手をかけて泣きつづけたという話だ。

と、あってこの話はおわります。この赤おにの話をすると、むかし習ったか、読んだかしたことをおもいだして、涙ぐみそうになる人もあります。

これは、一種の美談です。そして、とかく美談はいかがわしいものです。

これは、ふつうにいう「やらせ」だと考えるとよくわかります。

ある男が、かってに誰かを好きになったとします。かといって相手の人に自分のことを認めてもらうことができないから、友達に青おにの役をたのみ、そして友人の青君は女の人に対し乱暴をはたらき、そこへ颯爽《さっそう》と現れた赤君が青君をなぐりたおして、女の人にとって命の恩人のような立場になります。どうかすると、赤君の願いがかなって、恋らしきものが成立するかもしれません。事実、新聞などに、実際におこった不良高校生の手口としてでたことが何度かあります。

一時はよいことをしたようにみえても、そこにトリックがある場合は決して長くは続かないものです。

そう考えてくると、『泣いた赤おに』の話は、急に色あせたものになります。でも、これはお話なのだから、そんなに、細かいことをいわなくてもいいのですが、わたしは、それが教科書に載ることに反対なのです。まちがって「友達はこうでなくてはいけない」と教えるようなことになってはまずいとおもうのです。

3　アマルフィのできごと

先に書いた『即興詩人』のなかにも『泣いた赤おに』のような話があったのです。森鷗外訳では「夜襲」とあり、口語訳では「アマルフィのできごと」とした箇所です。アマルフィ（イタリア）は世界遺産に指定されているほどすばらしい町です。アンデルセンの描写は的確で、今でも古跡から掘り出したらしい彫刻の破片で壁を飾った家がいくつもありました。

『即興詩人』の主人公、アントニオと、知り合ってまもないジェンナーロの二人が、アマルフィの町を散歩しているうち、ブドウ畑の向こうに白い家があるのを見て、その方へ歩いていく箇所があります。このあたりを、（アンデルセン作／森鷗外訳をさらに）わたしが口語訳にした部分をあげてみることにします。

近くまで来てみると、この小さな家の趣《おもむき》はまた格別だった、壁には古跡より掘り出したらしい石彫《いしぼり》の頭と、石の肘《ひじ》、石の脚など壊れた部品を塗りこめて飾りにしていた。屋上には土を盛って花園とし、オリーブの木のほか、いろいろなツルクサの類が植えてあった。その枝は四方に垂れ下がって、緑のビロードでおおってあるようだった。戸口にはバラの草むらがあって今を盛りに咲いていたが、ほとんど野性の状態である。そこでは六つか七つばかりの小娘が二人、花を摘んで環を作って遊んでいた。その家の戸口にたたずんでいた女の人がひときわ美しかった。髪は白い麻布で束ね、まつげは長く黒く、体全体に気品が漂っていた。わたしたちは、思わず帽子をとってお辞儀をしたほどだった。

この女の人を見つけたジェンナーロは、わたしの見るところではイタリア人にありがちな女たらしで、美しい女とみると、まるでそれが礼儀でもあるかのように、近づきの言葉をのべ、なれなれしくふるまい、とうとうキスしたいといい出します。そして金貨をきらめかし、「これがあればあなたの黒髪ににあうリボンがいくらでも買えるのに」などと、お金をだすからキスさせてくれといいはじめるのですが、女の人はたくみにジェンナーロの言葉をかわし、ジェンナーロへのつらあてにアントニオにキスしたかとおもうと家の中へかけこみます。

このあたりは、みじかく詰めて書きましたから十分に説明できていないかもしれないので、できれば本を読んでみてください。

人前でキスする、ということは、日本の風習にはありませんし、わたしたちは不衛生だとおもうほどですが、その点ではヨーロッパの風習を考えに入れて、割引して解釈すべきかともおもいます。

わたしが子どものころ、アンデルセンの作品を読んだとき、キスとか接吻《せっぷん》などという言葉がたくさんでてきました。はじめて読む言葉で、しかも意味がわかりました。これはなぜなのかいまだにわかりません。そういう人間がキスについてかれこれいう資格はないような気もしますが、問題は「人前で」というところです。

「人前でキスする」とか、「人前でお化粧する」などということとは、むかしは決してあ

た。

アマルフィ。この教会は今のものより古い頃《ジダイ》のものをわざと描き

りませんでした。「電車の中でチューインガムをかむ」ようなこともありませんでした。「傍若《ぼうじゃくぶ》 無人《じん》」という四字熟語がありますが、これは、そばに若い人がいない、という意味のようにおもえますが、そうではなく、「傍らに（そばに）人がいないが若《ごと》し」という意味です。そういう行いはまわりに人がいないと考えるもののふるまいとして、品のないこととされていたのです。

携帯電話で、大声で話している状態は、本人にとっては相手がいても、外から見ると「傍若無人」の行いとみえるのです。

先に日本の風習にはない、と書きましたが、一年くらいまえに、なんと、電車の中や、プラットホームで中学生くらいの生徒が抱き合って、キスしているのを見ました。わたしは目をみはり、ああ、時代が変わったとおもいましたが、やはりそれは一時期の流行だったのか、いまはあまり見ません。

「パリではみんなそうしているではないか」と言われるかも知れませんが、だとするとそれは、映画や、広告写真の見過ぎだとおもいます。パリの宣伝ポスターなどには、そういうやらせの場面がよく見られるからです。

人前で平気でキスするというのは、さすがにパリでも、そこに生まれ育った人は歓迎しないらしいのです。わたしはそういう若者たちをひやかしている人たちを見ました。つまり、自分の故郷ではしないことを、旅先では「恥のかきすて」になるし、自分たちを知っている人はいないのだから「人前」という点を消して、うっかり人の目があることを忘れているのだとおもいます。

接吻という文字をみても、あまりいい字面《じづら》とはおもえないのですが、それはわたしの偏見かもしれません。外国で親子の挨拶で口づけするのも、接吻にちがいありませんが、それは作法のちがいがあるといった友達がありました。そのため文化の違う国の口語訳（『即興詩人』のこと）なので苦労したこともありました。

4　文化と文明のこと

わたしの話はすぐに横道にはいるので、またも反省しますが、ここで文化ということを考えておきたいとおもいます。

司馬《しば》遼太郎《りょうたろう》に『アメリカ素描』（新潮文庫）という本があります。この本には、文化と文明とのちがいをわかりよくかいてあるので、一度読んでもらいたいとおもいます。

文化を方言だとすると、
文明は共通語です。
文化を垂直だとすると、
文明は水平です。
文化を閉鎖だとすると、
文明は解放です。

わたしたちは、先祖代々の言葉やしぐさ、暮らしのありかた、祭りや労働のしきたりなどを、伝統として受け継ぎ、それを特別に新しく変えようとはしないで守ってきました。わたしは東京オリンピックのとき、カメルーンの選手が民族服を着てたった一人で堂々と入場してくるのをみて、とても感激したことがあります（正しくは二人だという説がある）。それは、その人が、自分たちの文化を誇り高いものと自負していることに感動し、それを羨《うらや》ましくおもう気持ちさえおこるからだとおもいます。

方言を笑う人がありますが、それは笑う人の心が貧しいからです。また伝統という意味で、方言は垂直、つまり縦につながるのです。

井上ひさしの『吉里吉里人《きりきりじん》』（新潮文庫）は、あまり方言がばかにされ、それを直そうとおもって苦労しても、直らないため、そんなにいうのなら、いっそ独立して、国を作る話です。

でもテレビが普及し、あれほど直そうとおもっても直らなかった方言が難なく直ってしまい、いまでは、方言の話せる人の方が羨ましがられるという時代になってしまいました。

時代はいつまでも同じ所にとどまることをしませんでした。

交通が発達するにつれて、隣の町や遠い国ともつきあうようになり、言葉も方言より、共通語のほうが便利になりました。時間も、度量衡《どりょうこう》も、同じにし、英語が世界共通に理解できる言葉になりつつあります。垂直にたどってきた文化に新しい文明が水平に「横はいり」してきたのです。

最近では携帯電話の文明が、伝統文化をみるみるうちに変えてしまいました。たとえば「すれ違い」が売りものだった昔の映画には、携帯電話があったら、なりたたない物語が多く、録音技術の発達が要求する裁判の可視化なども、文明のもたらした変化です。

その反対に、金魚売りの声はなくなり、駅の案内や、宗教宣伝の言葉がうるさいほど繰り返され、「よい子のみなさん、エレベーターにのるときは黄色い線の中に立つようにしてください」などと、まわりに、よい子などいないときでも機械の声がひびいていています。

文化は田園で農村だとすると、

文明は都会です。

佐藤春夫《さとうはるお》の『田園の憂鬱』（新潮文庫）はこのあたりのこと、つまり文明と文化が出会ったときにおこるできごとが、おもしろく書かれています。

田舎では、みんな顔見知りなのに、都会では隣の人のこともしりません。冷たいようだけど、しりたくないし、関わりたくないのです。たとえば隣組を通じて赤い羽根の募金をもとめられると、「さっきも駅前で買ったばかりなのに」何度も赤い羽根を買わされて、赤い羽根がきらいになってしまいます。

無縁社会という言葉がしきりにいわれましたが、それは、格別ふしぎなことではなく、文明がもたらした都会の必然（当然のこと）だったと考えられます。その逆に有縁社会の状態を考えてみてください。冠婚葬祭のことを考えてみると田舎は大変です。お祭りの募金がくる頃になると、その寄附をしていたら一日働いてもムリだから、店をしめて旅に出る人もあるといいます。

文化は「閉鎖」で、よそからきたものにはなかなか入り込まれません。

文明は「解放」で、だれでも参加できます。

垂直線と水平線の交点にたった人が、「人前で平気でキスする」のです。心すべきことではありませんか。

いろいろ書きましたが、話は「アマルフィのできごと」にもどります。

その日の夕方、つまり彼らが美人にであった日の夕方、アントニオは海の方へ下りていこうとしていました。そのときマントを被《かぶ》って横を走りぬけて行ったものがありました。それはまぎれもなくジェンナーロです。アントニオは彼がどこへ行くのか気になってあとをつけてみたら、やはり昼間に見たあの白い家でした。

隠れてようすをみていると、ジェンナーロは「手帳を落としたのでさがしにきた」というのです。後でジェンナーロが自慢めかして、こんなとき手帳を忘れるのは、もう一度来るための口実なのだ、というのですが、それにしても古い手口です。

ジェンナーロは家の主の美しい女の人に手帳を落としたことをつげ、それをひろっていてくれたお礼がしたい、などと言ううちに、ちょっと開けた窓から家の中におどりこみます。はじめは、女の人も適当にあしらっていました。でも窓から部屋にはいって来ようとはおもいもしないことでした。

アントニオはこの一部始終をみていて、ジェンナーロが部屋にとびこむと、すぐに玄関へまわってその扉を力いっぱいたたきました。女の人は

「ニコロなの、大変」と叫んだ。

ジェンナーロは、マントを風にひるがえして逃げて行った。

「ニコロよ、どうしてあなたは帰ってくれたの。これも聖母のお恵みにちがいない」

といいながら、窓に走り寄った。その声はなおわなないていた。わたしはどもって、

「ゆ、ゆるしてください」と叫んだ。ニコロではないと知って驚いて叫ぶ女の声とともに、扉ははたと閉ざされ、わたしは呆然と窓の外に立ちつくした。

（わたしは、新婦が錠を下ろす音を聞いて、安心し、これで昼間の接吻に報いることができたとおもった）

ここのところを鷗外の原文では
「かくてこそわれは昼間の接吻に報い得つるなれ。若《も》し彼女主人《かのおんなあるじ》にして予《あらかじ》め守護の功を測り知りたらんには、渠《かれ》は猶一《なほひと》たび接吻することをも辞せざりしなるべし」とあります。
「こうして、やっとわたしは、昼間の接吻に報いることができた。もしあの女主人が、ジェンナーロのふるまいから守ったのはわたしだったとわかってくれたら、もう一度、

接吻することをいやがらなかったかもしれない」

問題はここの、ひとことです。

女の人から見て、アントニオがジェンナーロのあとをつけてきたことは知りません。「守護の功」などわかるはずもないばかりか、二人は友達だとおもっているのですから。しいて言えば、ジェンナーロは青おにの役で、アントニオは赤おにの役とみても不思議ではありません。

アントニオも純粋に守護の役を果たしたのではなく「もう一度接吻してもらえるかもしれない」という下心が見えてしまいます。

（アマルフィへ行く前に、アントニオはペストゥムへいき、そこで盲目の少女ララに会ったばかりです。このことにふれると話がつきないのでやめます）それで、ここのところは完訳というわけにはゆかなかったのです。

5　文語文の世界

いまは、ほとんど見なくなりましたが、田舎で教員をしていた頃は、まだ文語文が生きていました。だから、文語文について、少しだけ書いておきたいとおもいます。

わたしは、わたしたちが使っている言葉とはべつに「文章の描き出す世界がある」とおもっています。中国では、話し言葉と、書き言葉はまったくべつだときいたことがあります。

また、文章の描き出す世界のなかに、文語文で表した世界があります。むかしはみんなそうでした。わたしたちの祖先は、たくさんの文語文を書きのこしました。その文語文はまた文語の子どもを生むようにして伝えられ、話し言葉の泉とも源流ともなり、しらぬまに言葉をきれいにする役目をしていたようにおもいます。

いまの言葉の送り手は、本ではなく、テレビやラジオのほうが多くなりました。ずいぶん注意して日本語がつかわれてはいますが、コマーシャルや興味本位の番組のために、言葉が源泉に逆流しているようにおもえることがあります。

井上ひさしの『吉里吉里人』は東北弁という方言を大切におもい、それを矯正《きょうせい》できないのが悪いというのなら、いっそ独立しようと考えるという、吉里吉里国建国の小説でしたが、矯正しようとして、どんなにあせったかもしれない方言なのに、テレビのおかげで、あっという間に共通語が浸透し、いまでは正調山形弁をしゃべる人が少なくなってしまいました。これを惜しむおもいは、わたしが文語文の衰退を惜しむ気持ちと同じなのです。

「〇〇へようこそ」

「弊社では、ユーザーのニーズにお答えするため、新商品を開発、提供しております」

などといわれると、驚いてしまいます。

このごろのように、

「癒されてみませんか」とか、

「どこそこに、訪れてみました」などと言われると、テレビを消したくなります。

「すみません」でいいのが、「すいません」というのが国語辞典に載って、認知されている時代となりました。国語辞典もまけるのですね。

親が子に、または飼っている動物に、当然なすべきことをするとき「〇〇してあげる」というのが変に聞こえるのは、恩着せがましい語感のためだとおもいます。

このほか、一般化していない外来語、仲間うちの隠語、術語つまり専門用語は、だれもが知っているとはかぎらないのですから、テレビやラジオでは聞くのがわずらわしいものです。フィギュアスケートの演技でも、見ていると素晴らしいのに、「トリプルアクセル」とか「トリプルフリップ」などと言われると、わかるものもわからなくなります。

芸能界では、夜であっても「おはようございます」と挨拶します。この場合は楽屋言葉というよりも隠語で、それは内と外との区別をきわだたせ、人間それぞれの仲間意識をはっきりさせる役目をもっているのだろうとおもいます。

外の人間が、内の人間にたいして楽屋言葉を使うのを、内のものが聞くとあまりいいものではないそうです。その反対に外のものに内の言葉で話しかけられても困るのです。こうした言葉は軽薄とはいわないが、通じない点では隠語といってもいいとおもいます。

パソコンや携帯電話などの機器も、その使用説明書は極めて難解です。このごろはだいぶよくなりましたが、専門用語が多すぎます。たとえば「変える」といえばすむものを「変換」といいます。ところが、しだいになれてきて、その「変える」ことの意味がわかってきたら、こんどは「変換」のような言い方が、いいかもしれないとおもいはじめるからふしぎです。

ところが、パソコンの使いかたなどは、読まなくても、遊び半分に使っているうちに、理解している子どもがあります。見ていると、彼らは試行錯誤で、どのキーをさわったら、どうなったかということを、すぐに覚えるらしいのです。

大人になればなるほど、言葉による説明によってものを理解しようとし、ついに説明がなくては何もわからなくなります。

絵でも「説明がないとわからない」という人があります。絵は説明してわかる種類のものではありませんから、評論家は「この作家は、だれそれの弟子で、同輩に誰それがいて」というぐあいに間接的にしか言えませんが、むりもないとおもいます。

話はもとにもどりますが、時代が変わり、新しい言葉がうまれます。それらは話し言葉として使われますが、軽薄だったり、いかがわしい言葉だったりすると、やがて淘汰《とうた》されます。そして意味の鮮明な言葉だけが残って、書き言葉としても認知されてきました。それがひろく理解されてさえいれば話し言葉としても生きてきます。

文語体が遠くなったこのごろ、たとえば「蛍雪《けいせつ》」という言葉も、生まれた当初は新しかったんだからな、とおもってがまんしています。

二〇一二年は森鷗外生誕一五〇年にあたります。この年を期して、故郷津和野の、後輩というのも恥ずかしいわたしが、文語文を尊ぶために『口語訳 即興詩人』という本を出しました。この本を読んだ人は、どうか森鷗外訳の『即興詩人』にすすんでもらいたいと願っています。

昔の東京駅です。焼けたので、今このようにつくりなおしています。

6　先入観のこと

じつはいま『走れメロス』（太宰治作の小説）について書こうとしています。このことはこの前にも書いたことがありますが、あまり反応がないため、もう書くまいと匙《さじ》をなげていたのですが、また書いてしまいました。

これは『走れメロス』という話の筋書きをわたしが疑う話です。しかし小説を文学作品として批評しているわけではありません。言論の自由というくらいだから小説はどんなことを書いてもいいのですが、それが「教科書に載る」ことを問題にしているのです。

さる年、『走れメロス』は中学校のすべての教科書に載りました。今はどうか知りませんが、その後も、ＮＨＫの国語の時間に二度も見たし、日教組の研究集会では、わたしの見解に賛成して「走るなメロス」というテーマで授業をやり、作品のどこを改善すれば疑問点がなくなるか、みんなで考えよう、という具合に発展した授業も実験されたらしいのです。文章を訂正して、その不合理をなおそうとするのは、「余計なお世話」になることがあります。「走るなメロス」というと、もっと疑問がでてくるとおもいました。もう一度念をおしますが、作品を批評しているのではなくて、教科書に載ることを問題にしているのです。

『走れメロス』の話を書く前に、先入観《せんにゅうかん》のことについて書いておく必要があります。先入観というのは、その文字のとおりに、先に頭の中にはいって座を占めている見方、感じ方、考え方などのことです。そこへ新しい考え方がはいってきて座ろうとしても、よい席が見つからぬようなものです。

後入観という用語はありませんが、あるとしたらということで考えてみましょう。後から何かを「観じ」ようとしても、先に座っている「観じ」がいるので、先入観のほうが強く、より正しい見方がむつかしくなります。

もう少し詳しく言うと、わたしたちが何かを知る、そしてそれを他の人に説明でき、多少の質問にも答えることができるようになったとき、つまり知識を自分のものにしたとき、ふつう「認識」したといっています。もちろん誤った認識というものもあります。

その認識が正しいかどうかは、多くの人を納得させるだけの説明ができるかどうかによって試されます。実験をするなどして実証できれば問題はありません。

ところが、認識するのは人間で、機械ではありませんから、しらぬまに感情を含めて認識すると言うのがふつうです。

コンピューターには知識を詰め込むことはできても、ものごとを認識させることはできない、とわたしがつねづね考えているのはこの理由によります。

百万の知識をあつめても、感性としての理解が伴わなければ認識にはならないという意味です。

つまり、認識のためには、先入観の役割が意外に大きいとおもいます。〈あやしげな〉男とか、〈やさしそうな〉女というぐあいに認識にもデリケートなつけたしがついてまわります。

それでも〈あやしげな〉とか〈やさしそうな〉などと、自分の目が感じたのなら責任がもてますが、人のうわさによって感じさせられている例が少なくないのです。

新聞によくある例ですが、犯罪を犯した少年のことを、「家庭環境が複雑だった」と書かれると、やっぱりそうかとおもい、「普通の平和な家庭の子女だった」と書かれれば、何が間違いのもとなんだろうと、やや好意をもってうけとられ、親のない子がけなげに生きていると、立派なことだと考えやすいものです。

世の中には、讒訴《ざんそ》、讒言《ざんげん》というものが古くからあります。中国の歴史の中には到るところに出てきます。

「あいつは、忠義のふりをしているけれど、実は王の命をねらっているのですぞ」と密告（讒言）されると、それが有力な先入観となって、とんでもない嘘が事実の形をとり、忠臣が罪に落とされた例が無数にあります。

また嫉妬《しっと》心《しん》という、なんとも恥ずかしく、おそろしいものもあります。これがつもりつもって讒訴、密告へと成長する例も少なくありません。

そして権謀術数《けんぼうじゅっすう》（相手をおとし入れるための仕掛け）は、戦争の方法の一つにさえなりました。つまり、トリックをしかけて、それを戦争の手段に取り入れた例がいくつもあります。

密告を奨励する世界は、暗くて憂鬱です。そういう時代がありました。中世の「あの人は魔女だ」と密告した時代がそうでした。父や母などの肉親をも密告して、自分が魔女ではないことを立証しようとします。そんなとき、父や母さえも訴えたのだといいます。

肉親を訴えるのですから、その言葉に真実みがでてきます。訴えている自分は魔女ではないことを言外にいっているのです。

「権謀術数はめったにないことだ」とおもいやすいけれど、本当はふつうに行われていることとです。大統領選挙から、町会議員の選挙まで、あるいは商品の宣伝などでも、実体よりは飾った言い方がふつうですし、お見合い写真でも、少しはふだんと違う姿に撮るでしょう。まったくゆだんもすきもありません。

余談ですが、このたびの原発再稼働の問題も、絶対安全をいうのなら、賛否を問うときにヤラセに似た、芝居じみたことをしないで堂々と意見を世に問う姿勢がほしいものです。

このたびは外国と戦争をしているのではなく、国内の問題なのだから、はかりごとを使う必要はないのです。過小評価はかえって自分をおとしめます。

風評被害とか、うわさというようなものも、いわば悪意のあるもので、流言飛語《りゅうげんひご》（風評）の無責任さに対しては、それを耳にする人が、よほどの抵抗力をつけておかないといけません。

これについても山ほど例がありますが、書くひまがありません。そのかわりに、わたしは米国の男優エドワード・G・ロビンソンが好きだから、映画の話にしたいとおもいます。これは『運命の饗宴』というオムニバス映画の一つでした。どの話にも燕尾服《えんびふく》がでてきます。その燕尾服は一つで、次から次へと人の手にわたっていくのですが、あるときは銃弾のあとがあったり、それを繕《つくろ》って次の人が着るとサイズが小さかったり、その服の中から恋文が現れたりして変転していくのです。しらべてみたらずいぶん昔の映画でした。わたしの記憶では新しいのに、やはりわたしが年をとったのです。でも、これがすばらしい映画であったことはかわりません。

7　映画『運命の饗宴』

ジュリアン・デュヴィヴィエ監督作品（一九四二年）。原作書きおろしの脚本は、ハンガリィの文豪フィレンツ・モルナールをはじめ、同国文壇出身でハリウッド脚本陣に活躍中のラディスラス・フォドールほか。出演者はシャルル・ボワイエ、チャールズ・ロートンなどと極めて多彩です。これは今でも買うか、借りるかすることができます。

エドワード・G・ロビンソンの役の名はラリイという酔っ払いです。立派な大学は出たけれど、道ばたで酔いつぶれるほどの酒好きで、仕事もなく貧しい暮らしをしていました。そこへ大学の同窓会の通知がきました。本人は着ていくものもないし、行く気もないが、下宿先の親切なおばさんが、質屋から洋服を出してきてくれます。これがきっかけになって酒をやめ、生まれ変わった人間になってくれればいいとおもったのでしょう。

このあたりは、わたしの記憶がちがうのか、ジョーという友達がラリイを強引に連れてくると書いてあるものもあります。

ラリイはひさしぶりに出席しました。下着にしたシャツは背がやぶれているが、外から見れば紳士です。ラリイはやっと行く気になって、昔の学生時代にかえり、なんとも楽しい再会をはたします。ところがそのとき、財布がなくなっていることがわかります。同窓会の座はしらけますが、「みんなで裸になろう、そしてこの中に泥棒はいないということにして、もう一度のみ直そう」ということになります。みんなは次々と上着を脱ぐのですが、エドワードの番つまり、ラリイの番になって彼は急にうつむいてしまいます。

みんなは、ハッと気がつきます。「どうした、君、君はやっぱり金にこまっていたのか。どうして僕たちに早く言ってくれないんだ」とみんなはやさしく声をかけます。

ラリイは悔しさをがまんしながら、たちあがって演説をします。このときの弁舌のすばらしさをわたしは再現することができません。

「僕が下に着ているのは、みすぼらしいワイシャツなのだ。それをみんなに見せるのは恥ずかしい。だから脱げなかったんだが、そのために疑われるのはつらいから脱ごう、僕は落ちぶれているが、人のものを盗んだりはしない」

といって、上着を脱ぎます。下からあらわれたワイシャツの背は破れていました。みなが言葉を失っているときに、「車の座席の下に財布が落ちていました」と言って運転手がかけこんできます。

すばらしい映画でしたが、この話では、まだ先入観を考えるには充分ではないかもしれません。

これは映画ですが、現実の問題として、ある人に有罪判決がでたあと、真犯人が名乗り出て疑われた人が無罪になる、という例がついこの前もありました。そのとき検事の人が首をかしげて「まだ疑わしいところがすべて消えたわけではないから、いま控訴を検討中だ」というようなことがありましたし、またこのようなことはわりによくある話でもあります。なんといっても、真犯人がでてきたのだから、さきに疑われた人が犯人であるはずはないのですが、それなのに、先入観は簡単にはかわりません。

犯人は別にいたということで一応解決はしていても、未だもやもやが残っていて判断をにぶらせているという気がします。

二〇一一年十一月二十八日のこと、「身障者に対する郵便の優遇制度」を悪用した、という疑いをもたれ、厚生労働省の元局長の村木厚子さんが罪に問われました。村木厚子さんには、無罪を示す証拠があったのに大阪地検特捜部が不当に捜査を進めたと主張し、国や当時の特捜部長らに三七七〇万円余りの賠償を求めていた裁判で、国は「検察側が証拠をでっち上げたことの、責任を認めて三七〇〇万円余りを支払い」この裁判は、終わり無罪が確定しました。

この裁判とは別に、村木さん側は、事実とは異なる捜査情報をリークされて名誉を傷つけられたとして、国に三百万円余りの賠償も求めている、ということです。

ところで、『走れメロス』のことを書くために、ずいぶん回り道をしてしまいました。どうも書きにくい話なのです。

なぜかというと、ずいぶんたくさんの人が、「それは青年を感動させずにはおかない友情の物語だ」という先入観を持っているようだからです。

競って教科書にとりあげられ、舞台を日本に設定した映画になったこともあるほどです。このような現象を「作品が一人歩きをはじめた」という言い方をしています。作者の太宰治があの作品を書いたのは三十二歳のときのことです。

彼の作品は、あの戦後を生きた青年たちに大きい影響をあたえ、いまでも若々しさを持ち続けています。

戦後といっても、いまの若い人たちにはとても想像できないでしょう。それまでの法律や経済の仕組みは崩れ、社会のきまりなども激しく変わるという大混乱の中から、なんとかして新しい秩序を生みださねばならないという時代でした。中でもその頃の青年たちにとって、憧れていた自由というものが、目のまえにあることが信じられない、嘘のような時代でした。

戦前に発表された『走れメロス』は、そうした山でも越えるようにして戦後も読みつがれたのだからたいしたものです。そのころのわたしは、若くて、まだ青年という年頃でした。

わたしもはじめは『走れメロス』になんの疑問ももたず、青年ではなくなってから、少しおかしいとおもいはじめたのです。これはわたしが年取ったということでもありますので、あまり自慢にはなりません。

8 『走れメロス』のこと

わたしの持っている『走れメロス』（岩波文庫）には最後の行に、「古伝説と、シルレルの詩から」と断り書きがあります。

この古伝説については、杉田英明『葡萄樹の見える回廊――中東・地中海文化と東西交渉』（岩波書店）という本にくわしく書かれています。

かいつまんで言うと、シラー（シルレル）よりもはるか昔のピタゴラスが生きた時代から、地中海周辺一帯に語り継がれてきた伝説だということです。この本は学問的に実に丁寧に書かれていて、伝説と歴史との関係が浮かび上がり、シラーや太宰治につたわっていく経緯がよくわかります。関心のある方はぜひ読んでいただきたいとおもいます。

またシラーの詩については、『シラー全集1』（新関良三編、冨山房、昭和十六年）という本の中にあることがわかりました。

しかし太宰の『走れメロス』は昭和十五年に発表されたのですから、この詩が直接の種本になったとはいえない計算にもなります。

シラー（一七五九―一八〇五）は年末の恒例となったベートーヴェンの、第九交響曲の合唱『歓喜の歌』の作者だといえばおもいあたる方もあるでしょう。

シラーは、ドイツのシュヴァーベン地方のマールバッハという小さい村に生まれました。もの見高いわたしは、この町に行ったことがあるのです。広場に面したシラーホテルという宿があり、その宿の屋根に白い胸像がのっていました。わたしが通された部屋は、その胸像を真裏からみる関係にありました。これがあのシラーの像だとわかったのは、その部屋に入ってからのことです。

そのシラーの詩をしらべてみたら「担保」という題名でした。

暴君ディオニソスのもとに
ダモンが短剣を懐にして忍び込んだ
捕吏が彼を縛った

という書き出しです。このダモンがメロスにあたります。太宰の場合は、

「メロスは激怒した。必ず、かの邪知暴虐《じゃちぼうぎゃく》の王を除かねばならぬと決意した」

と、一人の若者が意を決して立ち上がる場面からはじまります。

メロスは羊飼いで、平和に暮らしていましたが、十六になる妹の婚礼のため、衣装や祝宴のご馳走の材料などを買いに、およそ四十キロはなれたシラクスの市にやってきて、ついでに竹馬《ちくば》の友で石工《いしく》のセリヌンティウスを訪ねようとしていたのでした。

ところが、この町で、ある老人から王の悪いうわさを聞きます。人を信ずることのできない王は、自分の王位をねらうものがあるとおもうと、王自身の妹婿《いもうとむこ》をはじめ、自分の子どもや、お后《きさき》や忠臣を、次々と殺しているというのです。乱心ならゆるせるが、そうではない正気だ、というのです。

よくある話です。西洋史でも東洋史でも、臣下や肉親、政敵などを暗殺した話を探すのはなんの苦労もないほどです。

ただ、固いことをいうようですが、国語教育の見かたからすると、この若者の横柄な口のききかたと、老人の丁寧なものの言い方は、立場が逆ではないかとおもわれます。

そのつもりになって原文をよんでみてください。

イタリアのトスカーナ地方の田園です。

とにかく暴君ディオニソスのうわさを聞いて「あきれた王だ。生かしておけぬ」とメロスは激怒します。ところが「メロスは、単純な男であった。買い物を、背負ったままで、のそのそ王城にはいって行った」とあります。

「メロスは、単純な男であった」という断り書きは、まったくそうだろうとおもわぬわけにはいきません。短刀を懐にして、平気で王に直接談判をするというのです。一方は護衛兵に護られた、悪名高い王であり、一方は短剣を一本しかもたぬ羊飼いです。これでは単純といわれてもしかたがありません。

でもシラーの詩のように話を展開させるためには、単純な男という設定にするしかなかったともいえます。

たちまちメロスは警吏に捕《つか》まえられます。

ここではシラーの詩を引用します。

「おれは」と彼は言った。

「死ぬ覚悟だ、命乞いはしない、

尤も情けをかけてくれるつもりなら
三日間の猶予を与えてほしい、
妹に夫を持たせてやるまでだ。
そのかわり友達を担保に残しておこう
おれが逃げたら、彼をころしてよいのだ」

この「担保」の部分を、太宰は、

「この市にセリヌンティウスという石工がいます。私の無二の友人だ。あれを、人質としてここに置いて行こう。私が逃げてしまって、三日目の日暮れまで、ここに帰って来なかったら、あの友人を絞め殺してください。たのむ。そうしてください」。

と書いています。

ここは大変肝心なところです。

セリヌンティウスは、メロスが捕まって自分が人質にされているともしらず、のんきに石でも彫っていたにちがいありません。つまり、なんの相談もなしに人質にされてしまうのです。これでは、いくら無二の親友でもたまらないとわたしはおもいますが、いやそれでこそ友達なんだ、という人もあります。これは全く考え方の分かれるところです。

竹馬の友のセリヌンティウスは、王城によびだされます。そして「二年ぶりで相会うた。メロスは、友にいっさいの事情を語った。セリヌンティウスは無言でうなずき、メロスをひしと抱きしめた。友と友の間は、それでよかった」とあります。ただここのところが、「友と友の間はこうでなければならぬ」という読み方がされてはよくないと考えます。

つまり、一方的に人質にされても、従うのが友達の真の姿だという美談にされては困ります。

「メロスは単純だった」といってしまえばそれまでですが、あたりをはばかる老人の言葉を聞いただけで激怒するというのは単純すぎます。これから竹馬の友を訪ねていく途中だったのですから、いくら単純でも、とりあえず竹馬の友の所へ行って、「王が次々と人を殺しているというのは本当か」どうか、確かめる必要がありました。そうすればもう少し何かいい方法があったかもしれません。新聞記者などは、責任のある報道をするときは「ウラをとる」（裏付けを確かめる）ということをします。

それとも、メロスが捕らえられたということを聞いたセリヌンティウスが、王城へ駆けつける。そして話を聞き

「メロスに三日間の猶予を与えて下さい、わたしが人質になります。彼が逃げてしまって、三日めの日暮れまで、ここに帰ってこなかったら、わたしを殺して下さい。たのみます、そうしてください」

と、セリヌンティウスが申し出るのなら話はわかります。そうしても、話のつじつまは合うのですが、シラーも太宰の場合もそうなってはいません。王は、

「ちょっとおくれて来るがいい。おまえの罪は、永遠にゆるしてやろうぞ」

などといいます。

「はは。いのちがだいじだったら、おくれて来い。おまえの心は、わかっているぞ」

といいます。メロスは地団駄を踏んでくやしがります。約束を破る男だとおもわれたのが、くやしいのです。できることなら三日もまたず、いまこの場で、そうでないと証明したいとおもったはずです。「花嫁の衣装やら祝宴のごちそうやら」を持って行くことや、結婚式のとりはからいなどは、セリヌンティウスに頼み、自分は潔く罰をうけるというのが自然だという気がします。命をとりかえてもいいとおもうほどの親友な

ら、彼にメロスの代わりができぬはずはないからです。それに、シラーの詩では「死ぬ覚悟だ、命乞いはしない」といっているのです。

「セリヌンティウスは無言でうなずき、メロスをひしと抱きしめた」。友と友の間は、それでよかったと劇的です。セリヌンティウスは、縄をうたれ、メロスはすぐに出発します。初夏、空は満天の星です。

百歩ゆずって「友と友の間はそれでよかった」ことにしましょう。しかしセリヌンティウスに対する生殺与奪《せいさつよだつ》の権、つまり彼を生かすか殺すかの権利は、王ではなくいまやメロスの手に渡ったことになるのです。

たとえば、セリヌンティウスの手に長い導火線のついた爆弾を持たせたとします。その導火線はちょうど三日で燃え尽きます。つまり爆発する。そしてその導火線に火をつけたのは、王ではなくメロスなのです。

こんなことをいうと、この作品に感激している人（先入観）は怒り出すかもしれませんが、ここは肝心なところだから、聞いてもらいたいのです。

なぜ、そんな危険な約束ができたか。

メロスには確実に帰ってくる自信があるからだし、セリヌンティウスも彼が確実に帰ってくることを確信しているからです。二人のこの確信が友情のあかしだといってもいいでしょう。第三者には理解できないそのあかしによって、王に信義というものがこの世に本当にあることをおもい知らせることができるかもしれないのです。だとすると、暗殺にくらべればどんなにいいかとおもいます。

しかしいかにも単純ではありました。

わたしたちが友達とどこかで会う約束をしたとしても、交通渋滞などで時間に間に合わぬことはよくあることです。むかしだから渋滞はなかったとしても、地震などの天変地異はいつおこるかもしれないし、携帯電話もありません。

さて、メロスは出発しました。おりしも満天の星空です。メロスは村へ帰り、無事結婚式も終わって、いまの言葉で言うとお祝いのパーティがひらかれます。

パーティは夜になってもつづき、外は豪雨になったのに、人びとは全く気にしていない。メロスは一生このままここにいたい、などとおもいました。このよい人たちと生涯暮して行きたいと願ったが、いまは自分のからだでも、自分のものではない。

「メロスは、わが身に鞭《むち》打ち、ついに出発を決意した。あすの日没までには、まだ充分の時がある。ちょっと一眠りして、それからすぐに出発しよう、と考えた。そのころには、雨も小降りになっていよう。少しでも長くこの家にぐずぐずとどまっていたかった。メロスほどの男にも、やはり未練の情というものはある」。

とあります。

そんなことをいってもらっては困ります。未練があるようでは「メロスほどの男」とはいえません。それに「ちょっと一眠りして、それからすぐに出発しよう」というのは、目覚まし時計がないのに、と考えるとおかしいけれど、まあ疲れているのだとしましょう。メロスは夜明け、まだ陽ののぼらぬころから走りだします。

「私は、こよい、殺される。殺されるために走るのだ。身代わりの友を救うために走るのだ。王の奸佞邪知《かんねいじゃち》を打ち破るために走るのだ」

この言い方は、一見するところそうでなくもない、しかし「身代わりの友を救うために走る」と考えるのは、勘違いです。王がセリヌンティウスを人質にしたのではないからです。

冤罪《えんざい》に問われている友を救うために、真犯人である自分が名乗り出るような気になってもらっても困ります。セリヌンティウスはもともと冤罪ですらないのだから。メロスが「救う」と言えるような立場ではありません。

火をつけた人がその火を消して、結果的にいいことをしたように見えても、怒られこそすれ、ほめられたり、恩にきせたりできる資格はないのと同じです。

ともかくメロスは濁流をおよぎわたり、山賊の一隊をなぐりたおし、照りつける太陽の下を走りました。

「身体疲労すれば、精神もともにやられる。もう、どうでもいいという、勇者に不似合いな不貞《ふて》腐れた根性が、心のすみに巣食った」

（中略）

「中途で倒れるのは、はじめから何もしないのと同じ事だ」

（中略）

「いまだって、君は私を無心に待っているだろう。ああ、待っているだろう。ありがとう、セリヌンティウス。よくも私を信じてくれた。それを思えば、たまらない」

（中略）

「私は走ったのだ。君を欺《あざむ》くつもりは、みじんもなかった。信じてくれ！」

（中略）

「濁流を突破した。山賊の囲みからも、するりと抜けて一気に峠を駆け降りて来たのだ。私だから、できたのだよ」

などと自問自答する。

精神もともにやられるというのはわかります。濁流や山賊など、外からの敵もさることながら、自分自身の心とも闘わねばなりません。でも「私だから、できたのだよ」という言い方は少々甘えています。いまの言葉でいうと、結果がでていない時点では言えないことです。

これを読んでいるわたしは、膝を折るまで走った彼を信じてもいいのですが、でもセリヌンティウスには走っているメロスは見えません。彼は燃え続け、もう消えるかもしれない導火線に目を落としているだけでしょう。

いまの場合、メロスは信じてもらうためには、とにかく刑場へたどり着くほかないのです。

メロスは、わき出す清水を飲んで悪夢からさめたように元気をとりもどし、そして「死んでおわび、などと気のいい事は言っておられぬ」ことに気がつきます。

彼は、黒い風のように走ります。

ここでシラーの詩を読んでみましょう。（ここにでてくるフィロストラッースは太宰治の『走れメロス』ではセリヌンティウスの弟子ということになっています。）

既に遠くのシラークスの尖閣《せんかく》は
夕映を受けて仄《ほの》かに光っていた
すると向こうから、フィロストラッースがやって来た。
家の留守をしていたこの忠僕は
主人（メロス）を認めて愕然《がくぜん》とした――

「お帰り下さい！（もう刑場へいってもむだです。という意味）
もうお友達の方は救えません。
いまはご自身の、お命が大事です。
ちょうど今あの方が落命なさるところです。
お帰りになるものと信じながら、
暴君の嘲笑も
あの方の強い信念を覆すことはできませんでした」

フィロストラッースはメロスの帰りがあまりにおそいために、いたたまれなくなって、メロスをさがしに刑場から出て来たのでしょうか。

太宰の本では
「あなたはおそかった。おうらみ申します。ほんの少し、もうちょっとでも、早かったなら！」

というが、メロスは走ることをやめません。

話は最高潮に達します。

ここではセリヌンティウスの家族のことにはふれていませんが、セリヌンティウスの親兄弟は、今なにを考えているでしょう。

メロスは刑場に突入しますが、なぜ馬を盗んででも走ることをしなかったのだろうかとおもいます。

かれは、まっしぐらに群衆をかきわけ、かきわけしてすすみ、吊り上げられていく友の両足にかじりついて、

「私だ、刑吏！　殺されるのは、私だ。メロスだ。彼を人質にした私は、ここにい

る！」

と、叫びます。群衆はどよめき、セリヌンティウスをゆるせと、口々にわめきます。

セリヌンティウスに向かって、メロスは言います。

「私を殴《なぐ》れ。ちからいっぱいに頰《ほお》を殴れ。私は、途中で一度、悪い夢を見た。君がもし私を殴ってくれなかったら、私は君と抱擁する資格さえないのだ」

セリヌンティウスはメロスの右頰を殴ったあと、優しく微笑《ほほえ》んで、

「メロス、私を殴れ。同じくらい音高く私の頰を殴れ。私はこの三日の間、たった一度だけ、ちらと君を疑った。生まれて、はじめて君を疑った。君が私を殴ってくれなければ、私は君と抱擁できない」。

メロスは腕にうなりをつけてセリヌンティウスの頰を殴って二人は抱き合い声をあげて泣いた。

この殴り合いの場面はシラーにはありません。

「殴り合い」を、いかにも男性らしい友情の証《あかし》のように書いてみせるのはあまりに芝居がかっているとおもいます。

待つ者と、待たせる者との心の中は、似ているようでちがいます。メロスに束縛はあ

りますが、逃げる自由もあります。セリヌンティウスは短くなる導火線を見ているしかありません。

メロスの真実は、むりに殴り合いをしなくても、刑場にたどりつくだけで充分だという気がします。

殴り合いを男性的だと錯覚しているのと同じように、たくさん酒がのめることを自慢にする人もあります。また、酒に強くても、そういうことを自慢にしない人もあります。

このことは、どこかに書きたいことでしたが、適当な場所がないので、ちょっと横道になりますが、ここに書きました。

大学の新入生の歓迎会でお酒の「一気飲み」を強いることがあると聞きます。これは他人を急性アルコール中毒にして、殺したことになる例をよく新聞で見ます。

わたし自身は、のめないのでそのような席は失礼してきました。つきあいかたが悪くても、のめないのだからしかたがありません。会社などで、そのような酒の席に出られないのが出世の妨げになるとしても、わたしは失礼します。酒が強いことや、のめることは体質の問題で、人格とは関係ありません。

「「一気飲み」などで一度に（体の中のアルコールの）濃度が上がれば、誰でも命の危険にさらされる。年末や春先に学生が急性アルコール中毒で運ばれてくることは今もあるが、自己責任で飲むことを意識してほしい」。

これはインターネットで、見た言葉です。人間の中にはアルコールを受け付けない体質のものがいて、そういう人には、アルコールは毒なのです。

酒がのめない、そのために困っている人もあることを知ってもらいたいとおもいます。

話はメロスにもどります。

ラストシーンは、シラーの詩を読むことにしましょう。

長いこと王は訝《いぶか》りつつ両人を見つめていた――

それから彼は言った――「お前らは成功したのだ。

お前らはわしの心に克《か》ったのだ、

誠実とは、決して空虚な妄想ではなかった

さればじゃ、わしをも仲間にいれてくれ。

どうかわたしの願いを聞き入れて

スコットランドの田舎です。

お前らの仲間にわしをも加えてくれ」
どっと群衆の間に歓声が起こる。
物語は終わる、王さま万歳の声がとどろく。

もうこれ以上、何も言うことはありませんが、少しだけ疑問が残ります。今日のマラソンの中継放送のようにメロスの状況が刻々報道されているわけではありません。刑場にいる王には、何らかの方法で知らせが入っていたかしれませんが、群衆にはメロスがどのような目にあって帰ってきたか、わたしたち読者ほどにはわかっていないはずです。

フィロストラツースもしびれをきらして刑場を出てメロスを探しに来たくらいです。時間はまだのこっているにしても、刻々日が沈むのにまだ帰ってこないメロスに対して、群衆は怒りはじめているのではないでしょうか。

群衆が「あっぱれ。ゆるせ」と口々にわめき、どよめくのはおそすぎはしないでしょうか、メロスが帰ってきたのをしったら、誰だっていいそうなことです。それよりまえに吊り上げられていくセリヌンティウスをみて、群衆はなぜ「ヤメテクレ、モウスコシマッテヤッテクレ」といわなかったのでしょう。身代わりにならねばならなかったセリヌンティウスの処刑を、メロスが帰ってくるまで手をこまねいて、見ているような人たちから、「あっぱれ。ゆるせ」とほめられてもうれしくない気がします。

この話で活躍するのはメロスだからそちらへ目がいきます。しかし無言で待ったセリヌンティウスのほうがむしろ意味が大きかったとおもいます。そして、いちばん心配されたのはセリヌンティウスの家族だったとおもいます。なにしろ突然王城へ呼び出されたのですから。この話は、だんだんその構造の矛盾がでてきます。

友情というものが、教室で友達の代返《だいへん》をするくらいならわかるのですが、命をかけ、人質にもならねばならぬ風潮を作るとすると、責任が重大すぎます。

9　人の心の中

『走れメロス』は文学作品でフィクションです。文学作品にわたしがけちをつけることはないのですが、「教科書」にとりあげられたため、問題にしないわけにはいかなくなったのです。

ついでに、言いにくい話を書きます。

「友の憂いに我は舞う」

という言葉がありますが、聞いたことがあるでしょうか。

『走れメロス』とは全く反対のことをいっています。

これは残酷ですが、一面の真理です。

まず、応用問題を書きましょう。

橋の上の観光客と、橋の下をとおる観光船の乗客とは、ほとんど例外なく互いに手をふります。たがいの距離は数メートルしかありません。でも実際にはもう二度とあうことがないほどの距離があります。

走る電車と野原で遊んでいる子の場合も同じです。しかし道を隔てて信号待ちをしている人たちは互いに手をふることはありません。

たがいの距離が近ければ近いほど、歓びも悲しみも異常におおきくなります。韓国と日本は暮らしや地理や文化の上で、とても親しく近い間がらです。それだけに互いに心が離れるときもあるのです。

親友とは二人の距離がうんとせまくなった状態です。

はなれていれば、おこらぬはずなのに、近いと同じ人を恋することもあるでしょう。

夏目漱石の『心』がそうです。

運動競技のばあいは、相手の失策を期待します。一軍と二軍の境目にいるとき、友は競争相手となります。

「友の憂いに我は舞う」

ということわざが、残酷だけど、否定できない意味を持っていることをしってもむだではないでしょう。

メロスの心の中のこととして
「いまだって、君は私を無心に待っているだろう。ああ、待っているだろう。ありがとう、セリヌンティウス。よくも私を信じてくれた。それを思えば、たまらない」と引用しました。これは小説だから、その作家が登場人物の胸のうちを書いてもいいし、書いた方がいい場合が多いかもしれません。
ところが、小説ではなく、現実の世界で、歴史の記述もそうですが、第三者が「だれそれは」「これこれと」「考えた」とか「おもった」などと、推量して言う例がテレビやラジオで、頻繁に見かけられます。
世界で「三つの不可能なもの」というおもしろい話があります。
一　海にかける橋
二　空に昇るハシゴ
三　女の胸の内を知ること
の三つです。はじめの一と二は三の「女の胸のうち」を言うための枕です。本当に言いたいのは、「女の胸のうち」で、また一番知りたいのも、相手の胸の内です。

恋心だけではありません。商売でも、敵のポーカーの手の中なども、わかるものならどんなにいいでしょう。それがわかるはずもないのに、あまりにも知りたいことだから、占い師の仕事がなりたちます。

絵やその他の芸術作品についても、それを解説する場合、この作者はこう考えていた、と断定するのはよくないとおもいます。

心理学者でも、あなたはこう考えている、と断定するのは感心しません。

検事など取り調べる人のなかにも、人の心の内を、(自分が書いた小説のように)推理する例があります。

なかには、動物の犬や猫が考えていることを代弁する人もあります。人間よりはまだ犬猫の方があたっているとおもえるふしがないわけではありませんが、確定はできません。

説明を聞く立場のものからすると、「それはわかりません」とこたえるより、人のこころを代弁した言い方に、説得力があるようにおもえて、歓迎される傾向もあります。くれぐれも注意すべきことです。

人の心の中を断定していえるのは、小説家が創る「作品に登場する人物の心の中」にかぎられます。そして小説はフィクションです。

10 『ヴェニスの商人』の話

シェイクスピアの話を書こうとおもいます。『走れメロス』のあとが『ヴェニスの商人』というのは必ずしも唐突ではないとおもえます。このふたつをくらべて、どんなところが同じか、それとも違うかを考えてみるのもわるくないでしょう。

このたびは、わたしが装丁をしている松岡和子の本(ちくま文庫)があるので、目先を変えて、この本から引用させてもらうことにしました。

アントーニオとバサーニオは、メロスとセリヌンティウスのような親友です。その頃財産を使い果たしたバサーニオが、お金持ちでしかも美しいポーシャに恋をしてしまいました。求婚したいが金はないし、競争相手が多すぎる。無一文ではとても見込みがないうえに、第一求婚にでかける旅費もないというのだから、随分遠くにいる人を恋したものです。

バサーニオ　（前略）……ああ、アントーニオ、彼らと張り合える財産さえあれば、
必ずうまくいくという予感がするんだ、
この手で幸運をつかめるのは間違いない。
アントーニオ　君も知ってるだろう、私の全財産はいま
海の上だ。手元には現金もなければ
すぐ金に替えられる商品もない。これから出かけて、
私の信用がヴェニスでどれほどものを言うか試してごらん――
信用を最大限に利用して、君をベルモントへ
美しいポーシャのもとへ旅立たせよう。

ここで全財産が海の上といっているのは貿易船のことです。アントーニオのその船が帰ってくれば大金が手に入る。それまで、ちょっとの間だけお金を借りておけばいいといっているわけです。舞台はヴェニスにかわり、そこへバサーニオとシャイロックがでてきます。（第三場　ヴェニス　バサーニオ、シャイロックとともに登場）

シャイロック　三千ダカット、なるほど。
バサーニオ　そうだ、期限は三ヶ月。
シャイロック　三ヶ月、なるほど。
バサーニオ　いま言ったように、アントーニオが保証人だ。
シャイロック　アントーニオが保証人、なるほど。
バサーニオ　助けてもらえるのか？　頼みをきいてくれるのか？　返事はどうなんだ？
シャイロック　三千ダカット、期限は三月《みつき》、で、アントーニオが保証人。
バサーニオ　その返事は。
シャイロック　アントーニオはいい人だ。
バサーニオ　その逆の評判を聞いたことでもあるのか？
シャイロック　いや、いや、いや、いや、いい人だと言ったのはだな、私があの人なら大丈夫だと思ってる、それを分かってもらうためだ。――しかし、その財産となると太鼓判はおせない。船に載せて、一艘はトリポリへ、もう一艘は西インド諸島へ、それに、取引所で聞いた話だが、三艘目はメキシコに、四艘目はイングランドに出しているそうだ。それ以外にもやたらあちこちに投資している。――だがな、船はしょせん板切れ、船乗りは生身の人間だ。おまけに陸のネズミに海のネズミ、陸の盗人《ぬすっと》に海の盗人、つまり海賊ってやつがいる。それに危険はまだある、波、風、暗礁ってやつだ。ま、それはそれとして、あの男なら大丈夫、――三千ダカット――あの男から証文は取れるんだろうね。

（中略）

バサーニオ　なんなら一緒に食事をしよう。

（中略）

シャイロック　好意だってことをお目にかけようじゃないか。
一緒に公証人のところへ行って、証文に
判をついてくれればいい。ま、これはほんのお遊びだが、
証文に記載されたこれこれの日に、これこれの場所で、
これこれの金額を返済できないとなった場合、

違約金がわりに、あんたのその真っ白な体から
きっかり一ポンド、私の好きな部分を切り取ると
明記していただきたいんだが。

と申しで、アントーニオは、よろこんで、その証文に判をおさせてくれ、と言ってしまいます。こうして三千ダカットのお金が手に入るのですが、これは大金で一人の人から借り受けることはできないほどの金額らしいのです。でも、ともかくバサーニオは親友アントーニオの申し出により、彼の肉一ポンドを担保にして大金を手に入れました。前に「担保」という言葉をかいたから、判るとおもいますが、この場合も担保は人間の体です。

ともかくバサーニオはこうして金を手に入れる。そしてあこがれのポーシャも、

ポーシャ　ああ、歓び以外の思いはすべて空《くう》に消えてゆく。
数々の疑惑も、先走った絶望も、
ぞっとするような不安も、緑色の目をした嫉妬も。

ああ、恋よ、抑えて、有頂天になってはだめ、
歓びの雨は静かに降らせて、度を超さないように！
お前のくれる幸せは大きすぎる、もっと控えて、
さもないと酔いがまわってしまう。

と、ひとり言をいうほど、バサーニオに夢中です。これは「箱選び」という、この劇の今ひとつの山場にでてくるせりふですが、この「箱選び」の結果、二人はやっとむすばれることになります。

しかし、このよろこびもつかのま、アントーニオの船が難破したという報《しら》せがはいります。

このことを知ったポーシャは三千ダカットを、三倍でも、四倍にでもして返しましょうといいますが、シャイロックは、そんなことでは済ませません。

で、裁判になります。

ポーシャ　　その証文を見せてもらえるか。

（裁判官はポーシャの変装なのだがだれもそれを知らない）

シャイロック　これです、博士様、これです。

ポーシャ　シャイロック、この金を三倍にして返すそうだが。

シャイロック　誓言、誓言はどうなる。私は天に誓ったんだ――
この魂に偽証の罪を負わせろとおっしゃるのか？
ヴェニスと引き換えでも断る。

ポーシャ　確かに、証文の期限は切れている。
これによれば、このユダヤ人の要求は法的に正しい、
商人の心臓近くの肉を一ポンド
みずからの手で切り取るということだ。だが、慈悲を示せ、
三倍の金を取って、この証文を破れと言ってくれ。

シャイロック　その文面どおりに支払ってもらったらな。
お見受けしたところ、あなたは立派な判事様だ、
法律には明るいし、解釈も
しっかりしている。その法を盾にとって申し上げる、

あなたは法を支える柱石《ちゅうせき》と言っていい、
裁判を進めてくれ。魂にかけて誓うが、
どんな人間の舌であれ
私を変える力はない——あくまで証文どおりにしてもらおう。

さきに引用したシャイロックの気持ちになってみると、三千ダカットなど、そんな金が欲しくはないのです。十倍にして返して貰うよりも、肉一ポンドのほうがいいのです。一ポンドといえばざっと四百五十グラムになりますから、心臓がどのくらい重いか知りませんが、およそそんなものではないでしょうか。

この裁判のなりゆきは敢えて書かないことにしましょう。この先は自分で読んでほしいからです。ついでに言っておきますが、この劇がおもしろいのは、おもいもかけぬできごとがおこる仕掛けになっているからです。

ところでこの劇では、シャイロックが悪者になっています。ではユダヤ人とはどういう人たちなのでしょう。

になっていますが、むかしは、さみしい入り江でした。

コペンハーゲンの入り江。たくさんの船がやすんでいて、いまは観光

11　ユダヤ人のこと

ユダヤ人のことをしらべてみました。

昔々、旧約聖書が語る伝説の時代に、モーゼに率いられて紅海をわたったのはユダヤ人たちでした。ミケランジェロの彫刻でも有名なダビデは、やがてイスラエルに王国を築きますが、この人もユダヤ人の祖先です。

その後、ローマ大帝国が地中海一帯を自分の勢力範囲に収めていたころ、第二次ユダヤ戦争をたたかい、西暦一三五年に大敗して自分たちの土地を失ったということです。これはもう神話ではなく、歴史です。ユダヤ人はそのときからどこへ行ってもいじめられるという宿命を背負うことになるのです。

日本でもベトナム戦争以来、「ボート・ピープル」という言葉が聞かれるようになりましたが、闘いに負けて土地を追われると、船にのって海に出るほかありません。ユダヤ人の歴史は、あまり昔のことなのでピンとこなかったのですが「ボート・ピープル」という現実をみて、わかったような気がしてきました。ユダヤ人たちは、その昔、国を追われてヨーロッパ一帯に散っていったのです。

ひとごとではありません。日本の歴史にもあります。源氏に敗れた平氏は、あちこちに隠れて住まねばならなかったのです。また白虎《びゃっこ》隊で有名な戊辰《ぼしん》戦争（一八六八―六九年）で、官軍に敗れた会津藩の人々は、ボート・ピープルとなって、アメリカのカリフォルニア州に渡っていった人たちも多く、また青森県の下北半島に村をつくってひっそりと暮らしている人びともありました。司馬遼太郎の『街道をゆく』の取材で、わたしもそこの人たちにあったことがあるのです。

そのようにして故郷を離れただけならいいのですが、他所の土地へ行っても、必ず歓迎されるとはかぎりません。特に信じている宗教がちがうとまずいのです。キリストもユダヤ人だから、その宗教の元の所は同じはずですが、同じであるだけ排斥《はいせき》しあう傾向があるらしいのです。

土地を追われてきたユダヤ人たちは、今日までおよそ一九〇〇年もの間、そのいじめられ役にされていたことになります。

たとえば、中世のむかし、ペストがはやったころ、あれはユダヤ人が井戸に毒を投げ込んだからだという流言《りゅうげん》が信じられたために、大衆がユダヤ人を迫害し、その財産を略奪するようなこともありましたが、権力者は見て見ぬふりをしていたといいます。

ユダヤ人たちは、ゲットーという特別居住区をあてがわれ、そこでの生活だけが認められました。ゲットー跡は今もヨーロッパの各地に残っています。また職業も制約され、キリスト教徒には禁じられていた金貸し業や、各地の特産物を売買する職業などが仕事になりましたが、各地に分散したユダヤ人たちにとって、この貿易の仕事は願ってもない意味もありました。

高利貸しのシャイロックは、まさに、その金貸し業者として『ヴェニスの商人』の憎まれ役をふりあてられることになったのです。

この『ヴェニスの商人』が本になったのは、白水社の本の解説によると、一六〇〇年頃だとあります。日本では関ヶ原の合戦のころです。あれからおよそ四〇〇年もの間、この本はユダヤ人は悪い人という印象を与えつづけたことになります。『ヴェニスの商人』の解説を書いている渡辺善之によると、「代々残虐な扱いをうけ、侮辱され、忌《い》み嫌われてきた民族の代表であって、その憎しみを親から譲り渡され、加うるにこの芝居の進行につれて個人的にも危害をこうむり、その結果、冷酷で悪魔的な人間になってゆく」のだとする、ヘンリー・アーヴィングの説を紹介することを忘れていません。シャイロックがいくら悪者でも、ともかく彼から借りた金でバサーニオは結婚できたのだし、誰が相手でも借りた金を返さずにすますことはできないはずです。

それに、この芝居の中でシャイロックの娘は改宗してキリスト教徒になることもつけくわえられています。まあ踏んだり蹴ったりということになっていますが、ここのところは「芝居」という前提でみるほかありません。

新大陸アメリカは、ヨーロッパの歴史から切り離された文字どおりの新世界だったために、一四〇〇万人ともいわれるユダヤ人の半数近くが、アメリカに移住しました。そしてアインシュタインをはじめたくさんの人材がアメリカで育ちました。

祖国イスラエルへ帰ろうという、ユダヤ人たちの悲願がみのって、今日のイスラエルが建国されたのは一九四八年でしたが、いいことばかりではなく、こんどは、ユダヤ人が移って来る前からそこに暮らしていたパレスチナ人が追い出されるかたちとなりました。だからまた新しい戦争がおこり、一応、国境線はひかれましたが、未だに紛争が絶えません。こうなると、わたしたちはどうしていいかわからなくなってしまいます。

12　アンネの日記

イスラエル建国の三年前、つまり、一九四五年二月のこと、所はドイツのベルゲン・ベルゼンという僻地《へきち》でのことです。緯度でいうと、北海道の稚内よりももっと北です。きっと寒い日だったとおもいますが、チブスにかかった二人の少女が亡くなりました。

一人は姉のマルゴット、その死を見送った妹のアンネも、それから数日後の、連合軍がすでにフランクフルトへ進軍していた三月はじめのある日、静かに息をひきとりました。

ユダヤ人迫害はむかし話ではありませんでした。

ナチによって、百万人が殺されたといわれている史上最大の迫害は、ついこの間《あいだ》のことだったのです。有名な『アンネの日記』という本が、文春文庫のなかにありますから読んでみてください。

この日記は、キティーという名をつけた、何でも話せる友達にあてて書いた手紙という形になっています。

「(前略)わたしたちはユダヤ人なので、一九三八年にドイツからオランダに移住し、そこでお父さんはトラフイース商会の支配人になりました。この会社は同じ建物にあるコールン商会と深い関係があります。お父さんはこの会社にも関係しています。

しかしわたしの親類の人たちは、ヒトラーのユダヤ人弾圧政策のため、ドイツで不安な生活をしていました。一九三八年、ユダヤ人襲撃事件がおこってから、二人のおじさん(お母さんの兄弟)はアメリカへのがれ、おばあさんはわたしたちの家にきました。おばあさんはそのとき七十三歳でした。

一九四〇年五月からは、いい時代が急激に去りました。第一は戦争です。ついで降伏となり、ドイツ軍がやってきました。わたしたちユダヤ人の苦難が始まったのはこの時分からです」。

わたしは、この原文を見たことがありますが、読んだわけではありません。ここに書いたのは一九四二年の、日記をつけはじめたばかりのものですが、淡々と自分の生い立ちから書きはじめています。

十二歳の誕生日を過ごしたばかりの日、友達が大勢いるのに、みんなと話す気になれないために日記を書きはじめたといいます。

わたしから見ると、彼女のおもい過ごしは、子どもから大人になることへの不安だったような気もします。そのころは体つきだけでなく、心の中もはげしく変わっていくものです。せっかく大人に近づいているのに、子ども扱いされると腹が立ったりします。わたしもそうだったから、みんなもそうかもしれないと、勝手におもっているのです。

「ユダヤ人弾圧の布告が次からつぎへとだされました。ユダヤ人は黄色い星印しをつけなければいけません。ユダヤ人は午後三時から四時間しか買い物ができません。しかも「ユダヤ人の店」と書いてあるところだけです。ユダヤ人は夜八時以後は家の中にいなければなりません。この時間をすぎると、自分の庭に出てもいけないのです。ユダヤ人は劇場、映画館、その他の娯楽場へ行くことができません。

ユダヤ人は一般のスポーツ競技に参加することができません。（中略）ユダヤ人はキリスト教徒を訪問できません。ユダヤ人はユダヤ人学校へかよわなければなりません」

夕方のハイデルベルグ。お城の上から見おろしたところ。
右手に「哲学者の道」が遠望されます。

そんなに差別されるものだから、オランダのアムステルダムへ逃れるのですが、そこにもナチの手がのびてきます。で、アンネの一家は、プリンセン運河に面した知人の家の、三階と四階を隠れ家として住むことになりますが、そのうち他の家族もあわせて、八人が狭い家の中にとじこもって暮らさねばならなくなります。いまは、観光客に開放されているので、わたしはこの家に行ったことがあります。アンネの部屋には女優さんの写真がはってあったりしました。そしてその部屋の窓からは、桃やレンギョウの花が一斉にひらいた春を見ることできました。

アンネが隠れ家にいたころ、わたしは十六歳でした。日本は日独伊防共協定という、一種の軍事同盟をむすんでいました。つまり、アンネからみたら、敵がわにいたことになります。

はじめてこの本がでたころ、日本では「いじめ」が問題になっていました。人気歌手が自殺し、そのあとを追うように自殺するものが出てきて、「いじめ」でなくても自殺するものがあることが知られました。だからいじめてもいいといっているのではありません。

ところで「いじめ」といえば、アンネくらいいじめられたものもいないだろうとおもいます。事実、ユダヤ人収容所へ送られたもののなかからはたくさんの自殺者がでました。しかしアンネはどんなにいじめられても自殺しませんでした。自殺する勇気があったらなんでもできるのに、という人がありますが、自殺は勇気ではありません、しいて言えば「生き方の一種ではないだろうか」とおもいます。アンネも結局は、早く死ぬことになりますが、自殺ではありませんでした。

13　自殺のこと

ところで、朝日新聞（一九八六年七月一日）に載った、藤村操《ふじむらみさお》の記事にはちょっと驚きました。

かいつまんで言うと、この藤村操という学生は、一八八六年（明治十九年）に北海道で生まれ、札幌中学入学直後まで北海道で過ごし、その後、東京へ移り、開成中学から一年飛び級での京北中学編入を経て第一高等学校に入学した秀才です。

彼の生家そのものが、名門である上、飛び級をするくらいの秀才で、将来を期待されていたのですが、一九〇三年（明治三十六年）五月二十二日、傍らの木に「巌頭之感《がんとうのかん》」を書き残して日光の華厳《けごん》の滝《たき》に投身したのです。

夏目漱石は『草枕』の中に、この死についてふれ「彼の青年は、美の一字のために、捨つべからざる命を捨てたるものと思う。死そのものは洵《まこと》に壮烈である、ただその死を促《うな》がすの動機に至っては解しがたい」と書いています。

「巌頭之感」は、当時の高等学校の学生たちに愛唱され、朗々とこの詩を謳《うた》いながら道を行くものもあったといいます。

その詩は

「悠々《ゆうゆう》たる哉天壌《かなてんじょう》、遼々《りょうりょう》たる哉古今《かなここん》」

に始まり、時間も、空間も、あまりに壮大な宇宙にくらべ、その下に生きる自分のあまりの卑小さを顧みて、「曰《いわ》く不可解」とおもいつめるのですが、この本の「はじめに」に書いたニキビのできた友達も、この詩を諳《そら》んじていたくらいです。

この、エリート学生の自殺は「立身出世」を美徳としてきた当時の社会に大きな影響を与え、後を追う者が続出し、華厳の滝は自殺の名所になってしまいました。

じつはこのできごとも「むかし高校の教科書でならったことがある」という人があります。もし同じ経験のある方は教科書の出版社などを教えていただきたいとおもいます。

ところで、この事件のことを、元朝日新聞記者の生方敏郎《うぶかたとしろう》が、『明治大正見聞史』（中公文庫）という著書の中に書いているのを読んだことがあります。

「華厳の滝へ行って投身自殺する青年学生は、あれ以来ほとんど毎月のようにあった。

（中略）藤村操は一高の秀才であり、眉目秀麗《びもくしゅうれい》の美少年であり、殊にその「巌頭の感」が美文であり、良家の子弟であり、死の原因がプラトーニックラブの破綻であったので、こうまで一世の同情を引いたのだ」

と、早くも書いてありました。「何？　プラトニックラブだと？　人生不可解だといって死んだのではなかったのか」と、こんどはわたしの方が不可解になったものです。「週刊朝日」（一九八六年七月十一日号）によれば、操は那珂通世《なかみちよ》の甥で、あの名文を書くほどの秀才でした。

書いて置きたいことがあります。最近、わたしの知人で「鬱病の薬をのんでいる」という人があります。「どうして鬱病とわかったのか」と聞いてみたら、「高いところへいったとき、飛び降りそうになったので、われながらびっくりして医者へ行き、薬をもらってのんでいる」といいました。

この人は相当しっかりした人だとおもいます。そういう、おもいがけぬ心境の変化に対し、適切な判断ができるということは大切なことだとおもいます。

「プラトニックラブの破綻」といえばわかりよいけれど、失恋する人はゴマンといます。この世に失恋しない人はいないといっていいくらいです。

「恋に命をかける」という言葉は、特に歌謡曲でよく見聞きしますが、あれは、一種のスローガンで、宣伝文句のようなものです。

こんなことをいうと、いまそのつもりで恋をしている人は怒るでしょうが、命がけなどといわれると、恋されているほうでも、ありがた迷惑なものだとおもいます。藤村操の恋も、あまりに激しかったために敬遠されたのかもしれません。

恋をした人は、寝ても覚めても、相手のことをおもわぬことはないのにと、ひとりよがりなことをおもいもするでしょうが、だからといって相手の人が、そのおもいに答えねばならぬことはありません。おもいが通じないといって自殺されても、その標的にされた人は全く迷惑だし、もし相手の人に、好きな人が他にあったらしかたがないではありませんか。ストーカーのことを考えればわかるとおもいます。

結婚の約束をして、結納までおさめているのに、嫌いになったとでもいうのなら、多少うらんでもいいでしょうが、そうなったらよりを戻してもつまらないから、早々と切り上げた方がいいくらいのものです。

失恋して、自殺するのも、本人にとっては一つの解決方法でしょうが、抗議や復讐の意味が含まれるようでは同情のしようがありません。当人がそうおもっていなくても、おもわせぶりな書き置きなどを残せば、結果的にそうなってしまいます。殊に美文の遺書を残して、最期の演出をされても、標的にされた人はどうすることもできません。

今度の報道で知られたのですが、藤村操の恋人は年上の馬島千代《まじまちよ》さんという方だったことが知られました。

明治三十六年五月二十二日の朝、操は突然、馬島さんの家を訪ね「これを読んで下さい」と、千代さんに手紙と本を手渡したというのです。本は高山樗牛《たかやまちょぎゅう》著『滝口入道』で、手紙には「傍線を引いた箇所をよく読んで下さい」と書いてあったといいます。

この本が操の死の謎を解く鍵となりました。その後、馬島千代さんに縁談があったとき、操からのものはすべて焼いてしまいましたが、この本が残りました。そして一九八二年に九十七歳で亡くなられ、そのご子息の東京工大名誉教授、崎川範行さんが遺品の中から『滝口入道』の本と手紙をみつけて、驚かれましたが、いろいろ考えたあげく、それを日本近代文学館に寄贈されました。そして操の死は失恋だったことが明らかになったというわけです。

このような事例では、死んだ人にばかり同情して、恋の相手がいかにも罪な人だと言うように話が進む傾向があるので気をつけないといけません。

また操の両親はなんとおもわれたでしょうか。天下の名門といわれた一高に入って、安心されたのもつかのま、失恋で自殺するなんて全くほめていいところはひとつもありません。

死者に鞭打つようなことを言っていると聞こえるかもしれませんが、いまの若い人に「失恋したくらいで死ぬな」といいたいからです。

自殺についてしらべておられる布施豊正《ふせとよまさ》という方の研究（一九八六年六月二十四日の朝日新聞）によれば、その、統計的な数字を略して要約すると

「岡田（有希子。アイドル歌手、一九八六年に自殺）さんの死後二週間以内に出た自殺者数は決して異常なものではないといえる。事実とは離れて必要以上に騒ぎ立てたのではないかと思われる」

とあります。

わたしは『算私語録』（朝日新聞社）という本を書いていて、そのなかに、

「（前略）自殺によって糾弾《きゅうだん》された人が、その社会的生命を失って行く経過をどのようにみればいいだろうか」

と書いたところ、

「ベトナム僧の焼身自殺や公害病患者の自殺などなど、弱い者が自殺をもって抗議した場合でも、糾弾された人が社会的生命を失うことをかばう必要があるのか」という手紙をもらったことがあります。

死をもって抗議しようとする相手が、個人である場合と、目に見えない権力構造である場合とではちがいます。

また戦場のような極限状況での、死を目前にした自殺は、自決といって、いわゆる自殺とは区別して考えられるとおもいますが、この自決もまた悲しいことにかわりはありません。

今年（二〇一二年）のはじめに、ベトナムへいきました。そして、サイゴンのアン・クアン寺に、「時のゴ・ジン・ジェム政権の仏教徒に対する弾圧と宗教の自由のために、チック・クアン・ドック尊師、六十六歳が、一九六三年六月十一日、焼身自殺の地に運転して向かった」と説明書きのある車が安置されているのを見ました。

14　出家のこと

高山樗牛《たかやまちょぎゅう》の『滝口入道』を読んだ話を書きます。

要点だけを抜粋したので、時間のある人は本文を読んでもらいたいとおもいます。


時は治承《じしょう》の春、世は平家の盛り。みやこ西八条の花見の宴は、日本中の春をすべてあつめたかと思うほどに、きらびやかだった。

錦の幔幕《まんまく》を張った舞台では、きれいな舞姫がおどっていた。

その舞も終わる頃、四位の少将維盛《これもり》卿（平重盛の子）とその家臣、足助《あすけ》の二郎とが舞い、そのあと十七、八の乙女が「春鶯囀《しゅんのうでん》」を舞い納めたのだが、この乙女、横笛《よこぶえ》を一目見て魂を奪われたものがある。小松殿（平重盛）の家臣で斉藤滝口時頼《ときより》といい、父は左衛門茂頼《もちより》という頑固な老武者だ。

『繪本平家物語』のためのスケッチ、壇ノ浦です。

時頼は、この時二十二歳、明るい荒武者だったが、恋のため一度に人間が変わった。

この切なる胸の内を、時頼は父に打ち明ける。そのあたりの描写は実に迫力があり、時頼の胸中の誠意は伝わるのだが、父の茂頼は怒り、そしてさとすようにいう。

「若いときには、誰にもあやまちというものはあるものだ。花の盛りはわずかに三日だけのことで、散ってしまえばどの木も同じ青葉をのこすだけだ。女の人の美しさも十年とは続かぬ。年をとってふりかえってみれば、若い頃の恋のふるまいが、我ながらこっけいにみえてくるものだよ。〝過ちは改むるに憚《はばか》るなかれ〟という古人《こじん》のおしえもある。どうだ、父のいうことがわかったか、横笛のことは思い切ったか。時頼、返事をしないのは納得できぬからか」

目をとじてこれを聞いていた時頼は、ようやく決心し顔をあげる。目にいっぱいの涙をこらえ、両手をついて答えていう。

「父上のいわれることは、よくわかりました。横笛のことは、ただいま限り、刀にかけて思い切りますから。そのかわりに、どうか今ひとつの願いを聞いて下さい」

願いとは
「今日より永《なが》のおん暇《いとま》を給わりたし」ということでした。

藤村操が、添え書きをしたのはこのあたりだといいます。

熱烈な恋をし、結婚したいと願ったからといって、両親が賛成するとはかぎりません。夢（恋愛）と、現実（結婚）がちがうのは、小説と現実がちがうようなものです。（この『滝口入道』の場合、ふしぎなことに、わたしも時頼の味方になりたいとおもいはじめます。これは文学作品や演劇のような、フィクションの効用です。）

ここのところは、大切なところです。

歌謡曲では、「愛があるから大丈夫なの」などと簡単に歌いますが、歌もまた現実ではありません。

時頼は怒る父にむかって、慎重に言葉をかえします。

「お暇をくださいというのは、決して急に思いたったでき心ではありません。乱心でもなく、また横笛に罪があるわけでもありません。ただ、この一年ばかりはつらい毎日でございました」と、恥ずかしい心のうちを切々とうったえます。

「この上は、正式に結婚を申しこんで、心のきまりをつけたいと思ったのですが、横笛もいまさら聞きいれてはくれまいし、父上も身分にこだわってお許しもあるまいと、覚悟はしておりました。ただ最後の思い出に、お耳を汚したまででございます」といいます。

永のおん暇《いとま》とは、「武士を捨てて出家したい」といっているのです。自殺といわず、出家という道がありました。そのうち、気がおちついたら「還俗《げんぞく》」（出家以前の自分に帰ること）という道もあります。こんなことをいうと、出家には、いろんな理由があるようですから、出家した人には迷惑でしょうが、でも死ぬよりはいいのではないでしょうか。

時頼は出家して滝口入道となります。彼の決心はいかにも固く、還俗などは思いもよらぬことです。

時頼が出家したといううわさは、だれいうとなく「つれなき恋路《こいじ》に世をはかなんでのこと」といいたてられ、うわさはやがて、横笛《よこぶえ》の耳にはいります。

ではそれからどうなったか。

また父茂頼《もちより》はどうしたか。

さきに書いた美男、足助《あすけ》の二郎は、実は恋敵だったことがあとでわかりますが、その足助はどうしたのだろうか。

この本は「やがて来《こ》む寿永《じゅえい》の秋の哀れ、治承《じしょう》の春の楽みに知る由もなく」という書き出しでした。

寿永の秋とは、平氏が栄華を誇った都に火を放って落ちていく年のことです。物語は時頼の恋と平家滅亡の道すじがひとつになって展開していきます。こんなおもしろい話の続きを、わたしが簡単に書いてしまうわけにはいきません。岩波文庫になっていますからぜひ読んでみてください。

わたしがいいたいのは、それだけではありません。

この古文と言っていい作品は高山樗牛《たかやまちょぎゅう》がわずか二十三歳の（東京帝国大学哲学科の学生だった）ときに書き、読売新聞の懸賞小説に応募して当選した作品ということでもあります。大人でもむつかしいなどといっている場合ではないわけです。

二十代というのは、本当にすごい年です。

わたしは、あまり自慢できません。わたしが二十三歳という、彼と同じ年には、あまり本が読めませんでした。それを食糧難、物資不足の戦後のせいにして自分をだましていたのです。

勉強はいつからはじめても、おそくはありません。これはわたし自身にいう言葉です。

『滝口入道』が高山樗牛二十三歳の時の作品であることに敬服するのは、あの中に父の立場がちゃんと書かれている、つまり二十三歳にして、五十歳近くの考え方をも理解できているということにあります。といっても、頭の中でわかっているだけで、実際に親になった時の心得までは分かっていないだろうと負け惜しみを言います。

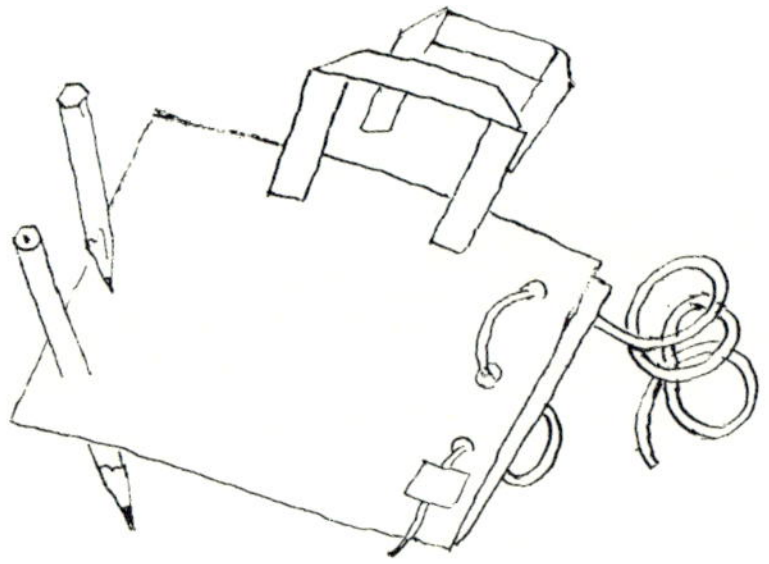

15　親の気持ち

むかし、わたしが小学校の教員だったとき、一年生を受け持ち、恒例の保護者の参観日が来ました。

わたしは、その日「ハンドバック」をつくることにしよう、と考えました。

「画用紙を二つに折りたたみ、（前ページの）図のように縁に鉛筆の先で孔《あな》を開ける。持参した紙紐《かみひも》でその孔を、縫うようにしてとじる。とってをつけてできあがる。できたハンドバックに絵などを描いて飾る」。

お母さんたちは、教室のまわりに陣取って自分の子が、先生のいうようにできるかどうか（自分の子しか見ていない）、そのうち、かわいいハンドバックができて「バックの上に絵をかいてもいいですか」などと言いはじめる。

と、まあそういうふうにわたしはおもっていました。

ところが大ちがい、まず鉛筆で孔を開けるのがむつかしい。開けることはできますが、縁にちかいところへ開けると、孔がやぶれる。またどこかへ孔を開ける。その孔へ紙紐を通すのですが、これが長すぎて、いい加減の長さに切るというような気の利《き》いたことはしない。おまけに家から持参した紙紐には、巻き癖がついているので、せっかく通した紐が、ぬけたり、孔をやぶったりします。これを見ているお母さんたちは、いてもたってもいられないらしいのです。まるで賽《さい》の河原で石を積んでいる幼子《おさなご》よりもむごいしうちと見えたでしょう。せっかく積み上げたとおもったら、鬼が来て突き崩すのです。「できなくてもいいのだから、自分でやらせなくてはダメだ」というのに、とうとう一人のお母さんが、自分の子どもの机まで行って手伝いはじめました。すると、見ていたお母さんも、みんないっせいに子どものそばへ飛んでいって、お母さんたちがハンドバックを作りはじめたのです。授業はめちゃくちゃです。「親がそんなことではいけません」と、断固としてわたしは言いました。すると、お母さんたちから、「あなたはまだ子どもがいないからわからないんですよ」と軽く言われてしまったのです。

今のわたしが、お母さんの立場になると、だまって見ていることができるでしょうか。正直に言うととても見てはいられないです。先生は鬼よりむごいとみえてきます。

そんな田舎教師をしているうちに、新聞に載ってくる人の、罪人も、善人も、はじめは先輩だったのが、次第にわたしの年と同じになり、わたしより若い人が、いつのまにか、すぐれた研究をし、スポーツの記録をぬりかえ、あるいはすごい詐欺《さぎ》をして捕まりはじめました。

わたしは、なんとのんきな日を送っていたのだろうとおもいました。

いつでも「戦争中」だったといえば、いいわけとしては充分でしたが、そんないいわけもきかなくなりました。

千住真理子《せんじゅまりこ》は二歳の頃からバイオリンを弾き、今では世界的な演奏家になっています。わたしがこの人を特筆するのは、音楽というつかみどころのないもの、言葉にすることのできないものを、千住さんの言葉で聞くと、とてもよく分かり、そして納得できるからです。

乗鞍で「風のチムニー」という民宿を開いている福島立實《ふくしまたつみ》は、子どもの頃から山河であそび、山の中だから学者にはなりませんでしたが、乗鞍連山の動植物、四季の変化そのほか、何でも知っています。学者が調査し、研究した結果を発表しますが、ほとんど

『イソップ童話』から「アリとキリギリス」の場面。

彼が体験してきたことです。

囲碁は論外としても、井山裕太は、わたしの子どもよりまだ若い、でも囲碁の相手をしてもらったとしたら、彼が小学校の一年生のときでさえかなわないでしょう。

このような例はやまほどあって、書きつくせません。このごろは辻井伸行《つじいのぶゆき》のことをおもいます。辻井伸行は、産婦人科医の父と、元アナウンサーの母を両親に持ち、視覚障害者として生まれました。一九八八年のことでした。二〇〇七年、東京音楽大学付属高等学校（ピアノ演奏家コース）を卒業し、増山真佐子、川上昌裕、川上ゆかり、横山幸雄、田部京子に師事しています。

二〇〇五年十月、ワルシャワで行われた第十五回ショパン国際ピアノ・コンクールに最年少で参加し、「ポーランド批評家賞」を受賞。二〇〇九年五月に米国テキサス州フォートワースで行われた第十三回ヴァン・クライバーン国際ピアノ・コンクールで日本人として初の優勝を飾りました。合わせて現代音楽（課題曲）の最優秀演奏賞も受賞。国際的に活躍しているピアニストです。

「少年老いやすく学なり難し」と、むかしいやと言うほど聞かされた言葉が、今頃になってやっと骨身にこたえはじめました。

16　二十三歳のころ

ちょうどいま、手元に『年齢の本』（平凡社）という本があります。これは誰が何歳の頃何をしたか、ということがおもしろく書かれています。それでその二十三歳のところをひらいてみました。このページのはじまりは、

1　芥川龍之介　『羅生門』は二十三歳の時の作品。

（一八九二年三月一日―一九二七年七月二十四日）

2　ヴェルナー・カール・ハイゼンベルク

（一九〇一年十二月五日―一九七六年二月一日）

「ドイツの原子物理学者。量子力学をマトリックスの形で定式化する方法を発見したのは二十三歳のときだった」とあります。この業績によってノーベル賞を受けた。

3　アイザック・ニュートン

（グレゴリオ暦：一六四三年一月四日―一七二七年三月三十一日）

積分法、万有引力の法則を展開させたのは、二十三歳のときでした。

4　ジェシー・オーエンス

（一九一三年九月十二日―一九八〇年三月三十一日）

二十三歳のとき。わずか四十五分の間に、100ヤード、220ヤードハードル、幅跳びの四種目で世界記録を破った。その翌年にあたるベルリンオリンピックで、十二の新、タイ記録を出し、100メートル、200メートル、走り幅跳び、400メートルリレーで四個の金メダルを獲得した。わたしは記録映画でそれを見たことがあります。

5　オーソン・ウエルズ

（一九一五年五月六日―一九八五年十月十日）

一九三八年「火星人が米国に着陸した、今、侵略をうけつつある」という迫真のレポートを放送し、これを真にうけた人びとがあわてて逃げ出すなど、一大パニックをひきおこしたことは有名だ。新聞社やラジオ局の電話はパンク寸前となった。あとで、損害賠償を請求されたが、沙汰やみとなった。この番組を聞く人は飛躍的に伸びた。

このときのオーソン・ウエルズは二十三歳でした。

6　ルネ・デカルト

（一五九六年三月三十一日―一六五〇年二月十一日）

デカルトは、有名な『方法序説』を書いた偉大な哲学者です。この著書はいかにもむつかしそうに見えるけれど、一口に言って彼の体験を綴った自伝です。わたしが読んだのは落合太郎という人の訳でしたが、いまは谷川多佳子訳（岩波文庫）でらくに読めます。彼は二十三歳のとき、三十年戦争に参加していました。そしてドイツのウルムという町のはずれの暖炉のある部屋に閉じこもって考えにふけった思い出があります。そのとき、その家の造作を糸口にしてそれからそれへとおもいをめぐらし、そして、『方法序説』にたどりつく。この「方法を」をわたしの都合のいいように解釈すると、「歴史の教訓も、先人の卓見も、何でもかでも徹底的に疑ってかかれ、そして自分さえも疑え、そしてゼロから考えなおせ」ということになりますが、それはデカルトのためだけでなく、天動説に覆われた中世の迷いから抜けださねばならなかった人びとにとって、とても大きい曲がり角でした。

落合太郎は次のように書いています。

「この（記念すべき）部屋にはいるとき、著者（デカルト）は一青年士官であった。この部屋を出るときには、哲学者ルネ・デカルトであった」。
『年齢の本』は著者が、デズモンド・モリスという英国人ですから、世界の視野からみているが、日本ではどうか、と調べてみました。

樋口一葉　『たけくらべ』二十四歳。
中江兆民　哲学者。フランスから帰り、私塾を開いたのが二十七歳。

というぐあいに、しらべたのです。紙面が少ないので、ここには書きません、自分でしらべてみてください。

藤原正彦（数学者）が「天才の峯が高ければ高いほど、悲しみの谷も深い」と書いていました。この言葉に、わたしの心はかなり安らぎました。

わたしは三月二十日生まれでクラスの中でも一番小さかったので、運動会でもいつもビリでした。いつもビリなので劣等感には慣れていると見えて、このような、偉い人の話をきいても別に劣等感とまでおもうことはなくて済んだのです。

でも、ビリはすこしてれるので、友達とそんな懺悔《ざんげ》話になると、きまって希望のない戦時中や、戦後の混乱のせいにしました。では今日のように平和であれば、みんな充実した毎日を送っているかというと、そうでもなさそうです。なにごとも、自分の責任です。

明治の先人のことを書きながら、こんな人がいたのだから、今の青年たちも負けないで欲しいと、偉そうなことを書いているつもりでしたが、……

じつは二〇一二年一月一日の深夜、NHKテレビで二十代の人たちが討論会をやっているのを見たのです。聴衆もまた若い人が多かったのです。そこに集まった人たちはみんな、的確に時代を感じとっていて、会場にパソコンを持ち込み、メールを通じて会議に参加する人もいましたが、そのメールの文章も、みな優れた感覚を感じることができるものばかりでした。

現状に甘んじようとしないで、前向きに生きるために、若者はどうすればいいかと実に熱心に討議していました。こういう人たちが、こんなにもたくさん自分たちのことを考えていることを、ふだんのテレビでは知ることができませんでした。わたしの不勉強でもありますが、テレビはこのような番組をもっとふやして、若い人たちの声をひろく聴かねばいけないとおもいました。

それだけではありません。評判の、池上彰《いけがみあきら》の経済や歴史についての講座を聴く人の中に、若い人の姿がたくさん、画面から見えています。

「コノゴロノワカイモノハ」という、年寄りの決まり文句を口にする人は、このような若者の存在に虚をつかれるでしょう。事実わたしは座り直してこれを聞きました。きたるべき時代は、この人たちにまかされているのだとおもい、わたしはかすかな安らぎを覚えたものです。

現代の人口グラフは、老人の数が次第に多く、次第に少子化となる傾向をしめしています。この図から未来の社会をおしはかると、一人で何人かの老人を受け持つことになります。これは占いなどと違って、科学としての統計なのですから必ず事実となってあらわれます。

今の若い人たちが年金を払っていても、人口の構造からみて「将来自分たちがもらえるかどうか不安だ」という、気になるのもむりのない図形を描いているのですが、「ずっと先のことだから」と、みんなはあまり気にしていない感じがします。

今の立候補者は、人口の多い高年齢層に焦点を当てて公約をとなえ、当選したら、高齢者のことを主に考えて行動するようにできています。

数の少ない若者は自分の持つ選挙の一票が有効に行使されないのではないかと心配になり、投票所からも遠ざかる傾向があるといいます。

戦争という犠牲をはらって、やっと手に入れた「民主主義」なのだから、これを失ってはたいへんです。戦後は、誰もが「清き一票を行使する」という感動をもって投票所へ行ったのに、今日の人口の構造からすると、「過去にこだわる高齢者」も「未来に向かって進む青年たち」も、平等に同じ一票だという、民主主義の大義に(人口統計からの)疑問を持ちはじめるのもむりはありません。

新興宗教を奉じている中年男から「このコップに孔が開いていると思うものはいないだろう、ところが、氷をいれてごらん、孔から水がもるのだよ」と、いわれたことを忘れません。これは作り話ではありません。この人をどうしても翻意《ほんい》させることができない場合、「彼も一票、わたしも一票」なのは納得できない、と感じます。

す。これは福音館から出した『旅の絵本』の色をつける前のものです。

ニューオリンズ。川はミシシッピー河です。プリザベーションホールがありま

17　わたしが二十三歳のころ

昭和二十三年、軍隊から帰ってきて、田舎の小学校の代用教員になったとき、わたしは二十三歳でした。

歴史の年表をひっくりかえして見ました。

その年は、極東軍事裁判がおわり、吉田茂内閣が発足して、戦後のひどい混乱の中に、ようやく明るさの見えてきた時代でした。

太宰治が入水《じゅすい》し、帝銀毒殺事件がありました。この犯人と疑われた平沢貞通《ひらさわさだみち》はのちに獄中で病死しました。

無着《むちゃく》成恭《せいきょう》が、山形県の山元中学校ではじめて教壇にたったのもこのころでした。そして彼の作文教育による『山びこ学校』がベストセラーになりました。その中の作文を一つだけあげます。

「ゆうべ、なわをなっていたら隣のおっつあんが遊びにきました。おらえのおっつあんと話していました。○○さんであ息子を教育したばん（罰）で百姓つぶしてしまったださあ、といってました。○○さんはむすこを学校にいれたばっかりで百姓いやになり、田を小作人に貸し、月給とりになったため、農地解放で田を全部とられたんだそうです。私も話を聞いていて、百姓はやっぱり田にはいって泥かましてえいるとよいと思いました」。

その後、無着成恭は三鷹の明星《みょうじょう》学園に来ました。わたしも二年ばかりあの学校で美術の講師をしていたため、おもいがけず彼と同じ時間をすごすことになります。

ある日彼は、一人の子どもを職員室へつれてきました。そして「おーいみんな、この子がこんなりっぱな作文を書いているんだ。みんな聞いてくれ、読むからきいてくれ」といって、その子の作文を朗々と、しかし山形弁のイントネーションで読みました。そして硬直しているその子の肩に両手をおいて「いいか、きみは、立派な作文を書いたんだぞ、また書いてくれ」と山形弁でいうのでした。わたしはこの子は、今日ほめられたことを、一生忘れないだろうな、とおもいました。

わたしが代用教員をやっていたのは、山口県徳山市（今は周南市）加見《かみ》村の加見小学校というところです。

石田勝美という校長先生がいて、これは後にもお世話になった方ですが、その先生のもとで代用教員になりました。どんなに立派な教師だったか、大ホラを書きたてることはできますが、そのころ教えた子が、まだ何十人も生きています。

そんな、ある日、村の青年団の人が「さつまいもと大量の大根おろしを混ぜて煮ると、飴ができる」とわたしに耳うちしました。わたしは、デンプンと麦芽糖とで飴を作ることくらいは知識として知っていましたが、その割合や煮詰める方法などは何もしりませんでした。

わたしの生家の隣は乾物屋で、壺を持って買いに行くと、大きいブリキ缶の中から、あの透明でなんともぐんにゃりとした水飴を量《はか》ってくれたものです。それを器用に箸でまきとるようにし、目を白黒させて食べたことをおもいだします。

昭和二十三年はお菓子のない時代でした。わたしには、あの水飴が目の前に見えるような気がしました。大根おろしの中に、麦芽糖の代用をつとめる成分がふくまれているかもしれないと考え、よし「明日の理科は飴作りだ」ときめました。「めいめいさつまいも二、三個と大根を二、三本、それにおろしがねをもってこい」といいました。

あのあたりはみんな農家でしたから、子どもたちは残らず持ってきました。

子どもたちは朝から一切の授業はそっちのけで大根をおろしました。それは洗濯たらいをあふれるほどになりました。いもは洗って皮をむき、宿直室にあった湯沸かし用の大鍋にぶちこんで、そしてかまどに火を入れました。

秋もおわりでした。学校の薪《まき》も燃《も》したが、近所の落葉や枯枝は残らず集められました。太陽のしずむのが早くなって外は暗くなりはじめました。「まだ飴にならない。もう遅いから帰れ」というのに、子どもたちは動こうともしません。子どもの中には、おまじないをとなえるものもでてきました。

これはなにかがまちがっていると、やっときがつきました。

お母さんたちが、子どもを迎えに来はじめました。「子どもを帰してくれ、かまどはわたしたちが燃す」ということになりました。

子どもたちは、やっと帰って行きました。

鍋の中はなんともしれぬ、煙くさい液体にかわっていました。お母さんたちは「飴には、なりそうにありませんね」といい、情けない笑い方をするわたしを残して帰っていきました。

その夜、宿直室で隣の中学校の先生と碁を打って夜を更《ふ》かし、腹が減ったので、あの煙くさい妙なものを何度も飲みました。

翌朝、子どもたちはおそらく、絶大な期待をもって登校してきました。わたしはアルミの弁当箱のふたに、黒い汁を配りました。飴にならなかったのはわたしのまちがいで、もうしわけないと、ごまかし笑いで謝りました。

子どもたちは「飴ができなかったのは許せる。しかし、ひとかかえもあった大根と芋が、弁当箱のふたほどに減るのがわからない」といいました。蒸発ということもあるとおもいましたが、そんなに蒸発するものかどうか、もう一度やってみないとわかりません。

その後、正式な水飴の製法を、文書の上では入手しましたが（百科事典などに書かれています）実際につくるとなると、宿直室の竈《かまど》などではだめだったらしいのです。

わたしは、懐かしい加見小学校の校長に電話しようとしました。先生は大恩のある方ですが、病気療養中でした。教頭だった戸倉武夫という人に電話が繋がりました。あの学校の校舎はあとかたもなく、今は公園になっているということでした

今、現在はどうかというと、その戸倉先生も亡くなり、今はそのご子息の戸倉正治という人が家をまもっています。小学校はあとかたもない。しいていえば、あのかまどのあとは縄文の遺跡のように埋もれているだろうと想像しています。

セーヌ河の河口のオンフルールという港の入江です。

18　ゼロから考えるデカルト

岩波書店に「図書」という月刊誌があります。古い話をむしかえすことになりますが、この雑誌が、岩波文庫創刊六〇周年を記念して臨時増刊を出したとき、内容は「これまで出版されたすべての岩波文庫の中から、あなたにとってもっとも印象深いものを三冊選んでください」というアンケートの結果を集めたものです。

その中で、デカルトの『方法序説』を選んだ人が五人ありました。たったの三冊しか選べない貴重なその一票でこの本を選んだ人もすばらしいとおもいます。中村雄二郎（哲学）・平田清明《きよあき》（経済）・赤木昭夫《あきお》（ＮＨＫ解説委員）・粉川哲夫《こがわてつお》（哲学）・加藤典洋《のりひろ》（文芸批評）の方々です。

参考までにいうと、最高点は『銀の匙』13、『ジャン・クリストフ』13でした。五票あつまった本はたくさんあって、全体では三～四位くらいだそうです。

デカルトは「自分の考えを進めていくとき、守るべき四つの方法を固く決めた」と言っています。その第三番目にあげているのは次のことです。

「第三は、私の思索を順序に従ってみちびくこと、知るに最も単純で、最も容易であるものからはじめて、最も複雑なものの認識へまで少しずつ、だんだんと登りゆき、なお、それ自体としては互いになんの順序も無い対象のあいだに順序を仮定しながら。」(『方法序説』落合太郎訳、岩波書店)

わたしにはうまくいえなかった、あのゼロから考えるということは、こういうことだったのです。

いいモデルがあるので、話題にしたいとおもいます。

わたしが子どもの頃、読んだ「ハノイの塔」という話です。それをいつのまにか「バベルの塔」とおもい違いをしたらしいのですが、ハノイの塔はパズルの名前、バベルの塔は旧約聖書によるものという違いでした。ここではバベルの塔というパズルもあったということで話をすすめます。

バビロニアの都バビロンには、本当に塔があって、この遺跡が発掘されたと聞きました。ブリューゲルの絵にもあります。

旧約聖書が語るほどのむかし、人びとは石をつみあげて天にもとどく塔をつくり、神と話をしようと考えたといいます。これを聞いた神は、思い上がりの罰として、人間の言葉をばらばらの言葉にして、世界中にまきちらしたという話になっています。

それはさておき、むかし、バビロニアの王が、

「なにごとにも終わりはあるものだが、この国はいつまで栄えるだろうか」

と、国中の賢者を集めてこたえさせました。すると、ある予言者が妙なものをとりだし、

「ここに見える円盤を、BかCの柱に移動させます。この円盤は、半径が大きいものから小さいものへ順番に重ねられていますが、小さい円板の上に大きい円板をのせてはいけません。そのためにあいている柱を利用することができます、さてここには六十四枚の円盤があります。いまからこの移動をはじめたとして、これを移し終わったときにこの国は滅ぶでしょう」

と、いいました。王は「この国がそんなにはやく滅びるというのか」と、大いに怒って、ただちにその予言者の首をはねました。

なぜ六十四枚だったのか、最近わかりました。それは、チェスの8×8の目盛りからきたのでした。王様に向かって「はじめこのチェスの最初の目に一粒の麦をください、二日目には次の目に二粒、その次の日は四粒という具合にふやしていって、六十四日の間、麦をください。といいました」という話があるのです。六十四日目にはどれだけの麦になるでしょう、というのがよく似た問題です。

では元に戻って、バベルの塔をうつすのに、いったいどのくらいの時間がかかるものか、考えてみてください。模型をつくって、はじめてみるのもいいです。ともかく、ここではゼロから考えることを、すすめたいとおもいます。

六十四枚というところを、○枚からしらべ、次に一枚をしらべます。二枚まではだれでもわかるでしょう。そこで一枚ふやして三枚にします。

これまでのやりかたで、二枚の場合は三手必要でした。

三枚目の円板をAからBへ移すのに一手、それから、Cにある二枚をBに移すのに（先にやった経験からも）もう三手かかる。

つまり、三枚の場合は三手＋一手＋三手で、七手ということになります。

同じようにして、（三枚のときの七手を応用して）四枚の場合を考えてみると、七手

＋一手＋七手で計十五手ということになります。
これを表にすると何かが見えてきます。

n		2^n-1
円板の枚数	計算	手数
0	0 ＋ 0 ＋ 0	0
1	1 ＋ 0 ＋ 0	1
2	1 ＋ 1 ＋ 1	3
3	3 ＋ 1 ＋ 3	7
4	7 ＋ 1 ＋ 7	15
5	15 ＋ 1 ＋ 15	31
6	以下の計算は自分で考えること	
7		
8		
9	………	
10		

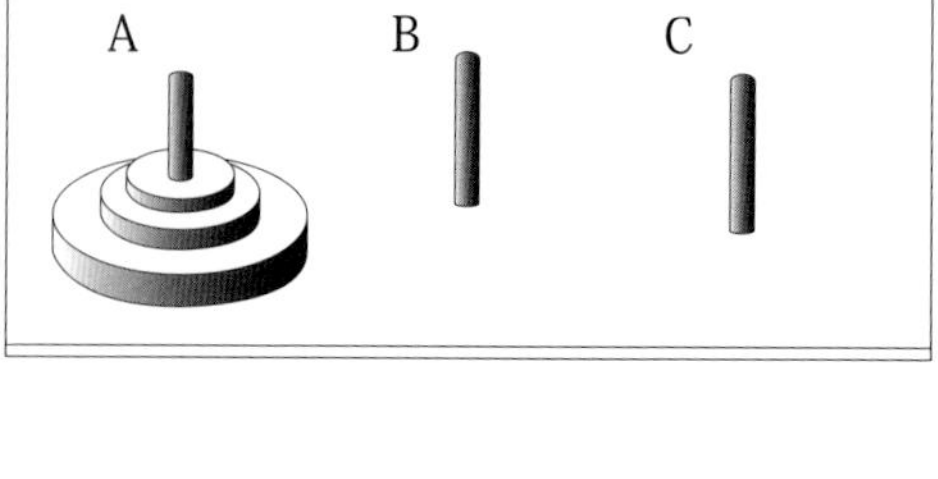

この表の手数が増えていく数列をよくみると、0、1、3、7、15、31というぐあいに、手数は、「2のn乗ひく1」の並び方をしていることが見えてきます。
たとえば、円板が6枚の場合は、
「2の6乗ひく1＝63手」
同じことをくわしくいうと、

「2×2×2×2×2×2ひく1＝63手」

ということになります。

この調子で、10枚の場合は、1023手であることが、計算だけでわかります。では、予言者首切りの事件の、最初に戻って、64枚だったらどうなるでしょう。

わたしの計算では

「18446744073709551615手」

ということになりました。

いま一枚の円板を動かすのに一秒かかるとして、のまず、食わず、眠りもせず、これだけの手数をかけると、どのくらいの時間がかかるか、予言者になったつもりで計算してみてください。

あの、偉大なデカルトの考え方のモデルとしては、ちょっと簡単すぎたかもしれません。

デカルトは、学生時代とくに数学が好きだったといいます。それは解答、あるいは証明にいたる道筋が明快で、美しかったからです。でもそのころの数学は、測量や、城を築くなどの軍事技術に応用されるにすぎないことが、ふしぎだったといいます。

考え方として、あれほど堅固な基礎をもっているのなら、もっと壮大な、それこそ「バベルの塔」ほどの学問が築かれてもよさそうなものなのに、と考えたというのです。それまで学問を志し、真理を尋ねたすべての人びとの中で、誰をも説得できたのは数学者だけでした。

だから、ものごとを数学者が考えるように考えよう、そうすれば、自分の精神にあやまった考えに満足しない習慣をつけることができるだろうから。と、思い出ばなしを語っていますが、後のデカルトは解析幾何《きか》学の元祖となったのですから、学生時代からの希望が実現したことになります。

ところで、このごろ日本の高校では幾何学が必須科目ではなく、選択科目になったと聞きましたが、いまもそうでしょうか。

この本のはじめに、幾何学で言う「線とは位置だけがあって幅がないもの」というようなことを書きましたが、このような公理は人間が決めたものです。三角形の内角の和は二直角だという（すばらしく、美しい）ことは真理で、多数決で決めたというようなものではありません。

全能の神が、人間は必ず間違えるようにつくっていたとしたらどうでしょう（事実間違える人は多い）。

「人間は間違えないという保証がなかったら、何を考えても無駄ではないだろうか」

このように考えをすすめたのは、わたしではなく、デカルトです。

ユークリッド幾何学が、公理というゆるがぬ基盤のうえに築かれているように、「自分自身の思索」という大建築の礎《いしずえ》として最初におく石が間違っていたら、すべてがだめになります。

デカルトは考えました。本という本を読みました。歴史・科学・数学はもちろん、天文学や占星術の本まで読みましたが、公理のように、自分の考えがよりかかる大前提が見つかりませんでした。だからまず、本を疑いました。あらゆるものを疑い、自分さえも疑いました。そしてもう、なにも信じることのできるものがなくなって、すっかり疑いのとりこになりました。

しかし、かれは、疑ってばかりいた自分はなんなのだ。ここに疑った自分がいる。このことだけは確かだ。デカルトは深い感動とともに、気がつきます。

「わたしは考える、だからわたしはある」

これが、デカルトの哲学の礎石でした。つまり、かれは、ゼロの地点にたちました。探していたのはこの地点のことだったのです。そしてそれはデカルトにかぎらず、近代科学を考える上での礎石ともなったのです。

あとで考えたら、それでどうしたの、という感想を持つ人があるかもしれません、地球がまるいといってもいまさら驚く人がいないのに似ています。

年表でみると、この言葉が出てくる『省察』（しょうさつ。せいさつと読んでも間違いではない）の初版がまとめられたのは、一六二九年。

ガリレオがその地動説のためにローマで宗教裁判にかけられたのは一六三三年のことです。

19　デカルトの生きた時代

デカルトは「ものごとを思索の鎖で繋ぎ、ひとつずつのばして遠くへいく。切れているところがあっては証明にならない。途中で呪文や、気合いや念力で鎖をつないだのでは、しばらくはそれでいいけれど、必ずそこで切れる」と考えます。

ところがデカルトは、思索の原点にたったとたんに「神の存在を証明する」と言いはじめます。どうしてそんな、突飛《とっぴ》なことを考えるのでしょう。

思索の鎖で、「ニワトリが先かタマゴが先か」と考えているうちに、行きづまって、とうとう神をひきあいにだしたのではあるまいなと、おもってみます。

かりに、鎖をたどっていって、神に行き着いたら、神は怒って、バベルの塔のときのように、どんな罰があたえられるかしれたものではない。

神はそんなことはしない。

でもやりかねないのは、神の代理人を自称している時のローマ法王パウルス五世とウルバヌス八世でした。

わたしは「異端審問」という絵を見たことがあります。審問を受ける人間は後ろ手にしばられたまま、天井からつりさげられ、審問官たちがそれを見ている恐ろしい絵です。ガリレオは拷問にかけるとおどされました。そしてとうとう屈服しました。前にもかかわらずそれは一六三三年のことでした。

「われ、ガリレオ・ガリレイ、齢七十歳は、囚われ人としてひざまずき、審問官諸氏の面前において、わが眼前に聖書を取り、手をもってこれに触れつつ、地球が動くという説の誤りと異端を棄て、呪い、嫌悪するものである……」（ホワイト『科学と宗教との闘争』森島恒雄訳、岩波新書）

ガリレオは火あぶりにこそなりませんでしたが、彼の地動説は入れられませんでした。コペルニクス（一四七三―一五四三）は彼が地動説を発表した『天体の回転について』という本の校正刷ができたとき、臨終の床にあったといいますから迫害の余地はなかったのですが、地動説を熱烈に支持したジョルダーノ・ブルーノ（一五四八―一六〇〇）は火あぶりにされました。

ついでに書いておきます。一九八三年五月十一日の朝日新聞に次のような記事が載りました。

「ローマ法王ヨハネ・パウロ二世は九日、バチカンで開かれている国際シンポジウムで「今日のガリレイ科学」で演説し「かつて、ガリレイが教会側から苦痛を被ったことを認める。この経験は科学と信仰の関係を正すことに役立った」と述べた。

コペルニクス地動説を支持したガリレイが宗教裁判で有罪となった受難事件から三百五十年の今年、カトリック総本山のバチカンは、はっきりと教会側の責任をみとめたことになる。(後略)」

もののついでに、魔女裁判についても詫びてほしかったと、いやみを言いたいのです。いまの時代に生きているわたしは、遠慮なくこんなことが言えますが、そのむかし西欧そのものがキリスト教の信仰にどっぷりつかっていた時代のふつうの考え方として、天動説と宗教の関係にはむりもないとおもわないわけではありませんが、しかし、火あぶりというのは、いかにも宗教らしからぬ刑罰ではないでしょうか。また、あのローマ円形劇場の命がけの、剣闘を見て楽しんだように、人が苦しむのをおもしろがって見ていたのではないかとおもうのですがどうでしょう。

つまり、デカルトが生きた時代は、そういう世の中でした。事実、デカルトの考え方は注目され、オランダのアムステルダムやライデンに隠れ住んでいます。

だから、デカルトとしては、自分の思索の大前提として、まず神の存在を証明しておいて、いわば免罪符をとりつけておいて、あとは自由に自分の考えを展開しようとおもっていたのかもしれません。哲学者の畏友中易一郎《いゆうなかやすいちろう》も同じ意見でした。でも、「デカルトは神を信じていたんだ」と見てきたようなことを言う人もあります。

デカルトが神についてどう考えていたか、今となっては本当のことはわかりません。でもその頃の学者にとっては身につまされる話だったとおもいます。自由の国と考えていたオランダに隠れ住んだのでしたが、オランダの新教の学者たちは、デカルトを無神論者の罪で拷問ののち死刑にしようとたくらんでいたといいます。フランスの神学者たちも、デカルトの葬儀のとき、彼に敬意をあらわすようなことはすべて禁じたということです。

むかし覚えていた

「我思う、ゆえに我あり」と、

「わたしは考える、だからわたしはある」

とあるのは、訳文のちがいで、言っていることは同じです。

デカルトはいう。

「学者の間で認容されている見解に追随したり、あるいはこれを反駁したりしなければならないような羽目に陥らずに、自分がこれからのことについて判断したところのことをいっそう自由に語ることができるようにするため専門の学者の論議にはふれないように心がけるつもりだ。」(『方法序説』小場瀬卓三訳、角川ソフィア文庫)

それがデカルトのやり方でした。

を一つの場面に描きました。

ロンドンの繁華街、実際には離れているピカデリーサーカスとセントポール
『旅の絵本』の色をつける前のものです。

20 「思う」と「考える」

わたしがむかし書いた『わが友 石頭計算機』（ダイヤモンド社、のちに文春文庫）は改訂版が『石頭コンピューター』として日本評論社から出ました。

この本の中にソフトウェアについて書いた箇所があります。

コンピューターを人間にたとえ、人間を体と心にわけてみると、その体にあたるところ、コンピューターでいえば機械の金属部分が構成するところをハードといいます。これの語源は「金物」というほどのものらしいのですが、これにくらべて、ソフトは人間の精神にあたり、ハードに対して指示を出すしくみのことをいいます。

「体」と「心」にわけてなどと書きましたが、ハードとソフトのどちらか一つでも欠けたら全体もないという関係にあることは人間の場合も同じです。

プログラムという言葉もあります。これはソフトを書くこと、つまり機械に仕事をさ

せる手順を授けているようなものです。たとえば三角形の面積を計算するソフトとして、

A　底辺の数値を記録しなさい。

B　高さの数値を記録しなさい。

C　A×Bの数値を記録しなさい。

D　Cの数値を2で割って、その数値を記録しなさい。これが求める面積です。

が考えられます。

ハードにこのソフトを覚えさせておけば、今後どのような三角形でも計算することができます。

デカルトは人間を、体と精神に分けて考えました。たとえば「学校へ行こう」「野球をしよう」などと心が体に命令しますが、デカルトの場合、精神は体に住みついたソフトウェアです。

「あのひとの名前を覚えよう」とか「断食をもっと続けよう」などと考えるのも精神のはたらき（意志）ですが、それは「あの人に会いたい」とか「おいしいものを食べたい」という同じ精神のはたらき（欲求）とをくらべると、どこかちがい、これは体が考

えているような気がします。

考えることを「思考」という場合がありますが、この「思い」と「考え」をちょっとわけてみたらどうなるでしょう。

『わが友 石頭計算機』には次のようなことを書きました。

よく、あやしげな催眠術師が、何もおもわず、何も考えるな（無想無念）、というようなことを言いますが、しかし、「考えまいと思う」ことはできても、「思うまい」とおってもそれはむりです。「思う」はあいまいで、まだはっきりしませんが、「考える」ことによって説明がつき言葉や映像などによって、次第にはっきりしてきます。

「考える」が知性だとすると、「思う」は感性とか直感のうけもちと考えられます。

直感とは、ふつうピンとくるという感覚で、論理の鎖を飛んで、いち早く目的地につくことです。しかし飛んだばかりの論理の鎖はあともどりして、直感の正しかったことを確かめるまではまだ直感とはいえません。

碁を打つときでも「こう打てば敵はこうくる、するとこう打つ」などと考えますが「敵がこうくる」というところはまったくあてにはなりません。下手の考えには思索の鎖はなく、あっても極めて短い。短絡とはよくいったものです。

では、小説や童話などを書く仕事はどうでしょう。これも「思い」と「考え」とが共同作業で一つの物語を作っています。（実は人間のすることとは、ほとんどの場合、この共同作業です。物語は現実ではないので、シンデレラの話のような世界も描くことができます）。

幾何学の問題を解いたり、一人で詰め碁を考えてみたりするのも、思索の範囲の中だけで完結し、現実世界の制約はうけません。

思想が自由であるといわれるのは、思想そのものは物理的な働きを持たないからです。たとえば人を殺す小説を書いても、その苦心談をかいても罪にはなりません。小説の文字は物理的な働きをしないからです。

その内容が道徳上の影響を問われるのは、まったく別の問題です。その意味でこの本のはじめに書いた『走れメロス』は小説ですから、問題はありません、教科書に載るという点を問題にしているだけです。

では、文字が実体を持ったものとした現れ方をする場合。たとえば設計図と建築物、脚本と舞台との関係、理科の仮説と実験の関係などは、考えたり、思ったりしたことがやっと、実体となった例です。

作曲もむつかしいが演奏も同じです。演奏は楽譜どおりに演奏するのだから簡単だとおもう人がありますが、楽譜は亡くなった作曲家の遺書のようなものです。

作曲家は「思い」のすべてを楽譜に書くわけにはいきませんから、すぐれた演奏家は作曲家の思うところを自分の音楽性によって解釈するほかありません。

ノーベル賞を受けるほどの学者でも、思い違いという失敗はあるといいます。考え方によれば科学の歴史は思い違いの歴史でもありました。

だから、まあ、凡人は、気が休まるというものです。

今年（二〇一二年）八月二十八日のこと、アメリカの花火のことがニュースになっていました。一夜二時間あまりかけて打ちあげる花火を瞬時に全部打ちあげてしまって、それは大失敗でしたが、観衆は大変なものをみてしまいました。

これは「コンピューターの誤作動だった」という説明がついていました。このもっともらしい説明は明らかにまちがっています。機械は人間が設定したとおりにやるのです。もし人間の考えとは別の動き方をするのだったらコンピューターは信頼できません。これは人間が失敗したのに誤作動だといって、いいのがれをしているのです。

21　パスカルのこと

さきにデカルト（一五九六―一六五〇）のことをかいたので、同じ時代を生きたパスカル（一六二三―一六六二）について調べたことも書いておきたいとおもいます。

「考える葦」という言い方は、パスカルの『パンセ』の中に書かれています。

「三四七

人間はひとくきの葦《あし》にすぎない。自然のなかで最も弱いものである。だが、それは考える葦である。彼をおしつぶすために、宇宙全体が武装するには及ばない。蒸気や一滴の水でも彼を殺すのに十分である。だが、たとい宇宙が彼をおしつぶしても、人間は彼を殺すものより尊いだろう。なぜなら、彼は自分が死ぬことと、宇宙の自分に対する優勢とを知っているからである。宇宙は何も知らない、（後略）」（『パンセ』前田

陽一・由木康訳、中公文庫）

ついでだから、聞きかじりを書いておきます。「クレオパトラの鼻がもっと低かったら、世界の歴史はかわっていただろう」という名言も出どころは『パンセ』です。パスカルもデカルトに劣らぬ天才です。引用した『パンセ』に、前田陽一が書いている解説から、そのはじめのところを、ぬき書きしたいとおもいます。

「ブレーズ・パスカルは、一六二三年、フランス中部山岳地方のクレルモンに生れた。同地で裁判官だった父は、一六三一年職を譲ってパリに上り、子供の教育に専心した。ブレーズは学校に一度も行ったことがなく、優れた科学者であった父だけによって教えられたのである。早くから驚くべき科学上の天分を示し、既に十六歳の時に、当時の数学の先端を行く円錐曲線論を著わした。十九歳で計算機を発明し、二十三歳の時から真空に関する実験と研究を行ない、その後数年の間に、いわゆるパスカルの定理を初め幾多の物理学上の偉業を完成した。」

ところが、劇的に感ずるところがあったらしく、一転して、禁欲的な主張を持つ宗派の、熱烈なキリスト教徒となります。

『パンセ』も、その宗教感を本にまとめようとして書いていた覚え書きだということです。

『パンセ』の中に、次のような箇所もあります。

「七七

私はデカルトを許せない。彼はその全哲学のなかで、できることなら神なしですませたいものだと、きっと思っただろう。しかし、彼は、世界を動きださせるために、神に一つ爪弾《つまはじ》きをさせないわけにいかなかった。それからさきは、もう神に用がないのだ。」

わたしは、パスカルの生地のクレルモン・フェランに行ってみたことがあります。フランスの中ほどの山の中の都会です。ここの、ランケ博物館にはパスカルゆかりのものが展示されています。また、有名なタイヤメーカー「ミシュラン」の創業の地でもあります。

22　情報と事実のこと

畏友《いゆう》、数学者の野崎昭弘は、「もしも」という考えが、数学の上でとても大切だといいます。この「もしも〇〇だったとしたら」が「思う」にあたり、「するとどうなるだろうか」が、考えるにあたります。

以前『おおきなもののすきなおうさま』（講談社）という絵本をかきました。それは車で走っていて、おおきいガスタンクを見て、「あ、もしも、あんなに大きいコーヒーカップがあったら」と考えているうちに生まれたものです。もしそうだったら、長いハシゴをかけてのぼり、さらにタンクの底に入っているコーヒーを飲むために、またハシゴを下らねばなりません。ふつうのコーヒーの分量だったら底の方を湿らせているだけかもしれないそれを、ぺろぺろとなめることになるでしょう。

「思い」がいろいろある中で、嫉妬《しっと》心だけは特異な気がします。嫉妬は嫌々ながら思い過ごし、「考え」の力を借りてまで、迷いをつのらせるのですから、ほとんど「思い」の創作つまり、小説のように自分が勝手に組みたてている場合が少なくありません。さきに書いた『滝口入道』に言わせれば、心の中の敵と戦うことになります。

着想、天啓、直感なども、どこからくるのかわかりません。「思い」の領域のことは、自分でもわからず、創造性の問題にいわゆるノウハウはないとおもいます。しいて方法はと問われれば、デカルトの方法かな？とおもいます。つまりゼロから考えることとです。さきに直感は思索の鎖をジャンプすることだと書きましたが、ジャンプするには助走が必要なことはこの場合も同じだとおもいます。何もしないでいても、「思い」はやってきますが、創造の思いのためには、鎖をある程度もどって、何度も助走をくりかえさねばならないことになるでしょう。

リンゴの落ちるのを見たものが、みんな引力を発見できるわけではありません。いつも心に疑問を持ち、いつも助走していたニュートンだったから、天啓ともいえるひらめきによって、リンゴと引力が結びついたのだとおもいます。もっとも、この話は、あとから作られたお話、という気がしないでもありませんが。

ところで、この鎖の話ですが、わたしは一重ではなくて、二重の鎖を想像しています。

「思い」の白い輪と、「考え」の赤い輪の二つが一組になって連鎖しているようすを想像してみてください。

一連の鎖の、赤か白の一箇所でも欠けていたら、思索がそこで切れます。鎖は白だけでつなげてもなりたちますが、夢のようにはかないものになるでしょう。

白の「思い」には不合理なところがあっても許せます。しかし赤の「考え」には「思い」が理にかなっているかどうか、確かめる役目があります。

白をフィクションだとすると、赤はノンフィクションにあたります。

思索の鎖は、赤の「考え」の輪だけでもなりたつ。それはコンピューターのソフトウエアのように、機械のために書いた仕事の手順、のようなものとおもっていいでしょう。数学の公式のようなものでも、たぶん「考え」だけではない。白の「思い」の鎖と、一組になったとき、他人から与えられた知識としてではなく、自分が創造的に身につけたと同じ価値のあるものになるのだとおもいます。

応用問題として、一組になっている考え方の例をいくつかあげてみましょう。

感性・知性
主観・客観
芸術・科学

わたしたちは頭の中で、世界がどうなっているか、どういうものかなどと考えています。

過去、現在、未来それに地球の反対側のことまで考えに入れています。おおげさにいうと、小さな頭の中に世界がすっぽりはいっているのかとおもえるくらいです。自意識過剰というのはこういうことをいうのでしょうが、幸せなときは「二人のために世界はあるの」と、おもいはじめます。落ち込んだときは「自分は世の中に必要とされていないんだ」などと決まり文句で考えますが、そんなことはありません。そもそも世の中から必要とされている人間なんかいないとおもったほうがいいとおもいます。

そのような悲観をふくめても、人間に生まれてよかったなとおもいます。他の動物はそんなドラマチックなことは考えないでしょうから。

「絵に描いた餅」という言葉がありますから、練習問題として考えてみましょう。

腹がへっているとき「餅」という言葉をおもうと、目の前に餅のまぼろしのようなものがうかぶことはあっても、夢よりはかないもので、部屋の中で「餅」と言う言葉を百万べんとなえても餅がでてくることはありません。

どうしてもほんものの餅がほしいとおもえば、お餅やさんへ行って、買ってくるか、もしくは自分で作らねばなりません。

「絵に描いた餅」とほんものの「餅」とは、似て非なるものでまったくちがいます。そんなことはあたりまえのことですが、ここのところは、はっきりさせておかないといけません。

わたしが言いたかったのは、

頭の中・・・は・・・情報

現実の世界・は・・事実

ほんものの餅は頭の中にいれられないけれど、言葉としての餅はいれられます。

では、花という言葉から何が考えられるでしょうか。桜でもチューリップでもよく、植物図鑑か花屋さんの店先などがおもいうかべられるかもしれませんが、わたしたちは、子どものころから、知らぬまに「花」というおおざっぱな言葉を身につけてきたのです。

ふつう概念といっているのはこのようなことで（この場合は花）、言葉で整理してものごとを考えやすくしています。

ところが、事実と真実とはちがいます。話がもどりますが、

頭の中で考えることは・・情報で・・真実

現実の世界は・・・・・・・・・・事実

くどいようですが、交通事故を例にすると、交通事故は、事実そのものです。しかしこの事実は、いつまでもそのままにしておくわけにいきません。処置をし、時間がたつにしたがって変わり、記憶も薄れていきます。だから、写真や文字や数値などで記録し、情報というものにおきかえておかねばなりません。

わたしたちは、事実を問題にしなければいけないのですが、それはできないことだから、情報にかえておいた、できるだけ事実に近い真実を問題にするほかはないのです。

・情報がまちがっていると、間違った真実が生まれる。

・間違った事実をねつ造するために、情報を操作することがある。

・情報が不足していると真実がくみたてられない。

・情報は充分でも、再生の仕方がまずいと誤解が生まれる。
・事実は変えられないが、情報は変えられる。
・事実は持ち運べないが、情報は持ち運べる。

小説のように、事実はなくても、情報はくみたてられます。わたしたち人間は事実には感動しなくても、真実に感動することが少なくありません。

「うわさ」というのも、不確定ですが情報の一種で、いわゆるニュースよりも「うわさ」を問題にする人もあります。日頃のニュースというもののあり方が大切になってきます。

情報を言葉にしたり、情報を文字に書いたりすれば、ラジオや新聞のように、一度に大量の情報を運ぶことができます。

野球の試合で「投手の投げた球がストライクであるのは、球がストライクゾーンを通ったからではなく、審判がストライクと宣言したからだ」といわれるのは、審判官の責任の重大さをいましめる言葉でもありますが、瞬間に過ぎた事実は問題にならぬので、情報（審判の判断）を問題にするほかないのだとおもわれます。

犯人の自白もただ「私がやりました」という自供だけでは自白ではありません。それを紙に書いて署名してはじめて自白になります。

土地や金の貸し借りも、口約束より、文字に置き換えた情報が大切になります。

わたしたちが信じている歴史も、事実そのものではなく、情報をとおして得られる真実にすぎません。受け取る立場から言うと、その情報を疑ってみる自由が残されています。

「劇映画や、小説は情報の一種で、そこに描かれるのは虚構の世界ですが、真実を語る場合と同じ方法で書かれています」。

一万円札にしるしをつけておいて銀行に預け（事実）、通帳に記載（情報）してもらって後日その銀行に引き出しにいけば、しるしをつけた一万札が出てくるわけではありませんが、かぎりなく事実に近い（真実）一万円札がでてくることになります。

どんな時代でも、事実は刻々とすぎて、消えて無くなるかそれとも、次々と情報にかわっていきます。情報に換えて第三者に事実を伝えようとするものの責任は非常に大きいわけです。

童話屋で『蚤(のみ)の市』を描いたときのものです。

23 『ファウスト』

池内紀訳の『ファウスト』を読むと、そのなかに経済学の問題があります。その話にヒントを得たことですが……。さきに一万円札を事実と書きましたが、池内紀にしたがって、キンを事実と置けば紙幣は情報ということになります。

わたしが子どもの頃の紙幣は兌《だ》換《かん》券（兌換紙幣）といって、紙幣に兌換券という文字が印刷され、正貨にとりかえることが明記されていました。つまり、兌換券を日本銀行へ持って行けば、正貨つまり、ほんもののキンにとりかえてもらうことができました。そのため中央銀行としてはいつでも、正貨にとりかえることができるよう、発行した紙幣に相当するキンを準備しておかねばならなかったのです。

しかし、銀行の立場から考えて、「預金者」がいっせいにキンにとりかえにくることはあるまい、という前提でそのキンを第三者に貸しているのですが、まれに、銀行が経営難におちいって、いわゆる「取り付け騒ぎ」がおこったりすることがあります。そうなったらわたしにもわからないほど大変なことになります。これは兌換券でない今の紙幣でもいわゆる「取り付け騒ぎ」はおこります。

兌換券をもって、日本銀行にキンをもらいに行ったものがあるかどうかしりません。あったとしたらきっと、変わり者ということになるでしょう。

ただし、旅行者はちがいます。その人が日本を出るとき、「持っていた日本の金を銀行へ行ってキンに換える。そして、さらにそのキンを自分の国の紙幣に換えてもってかえる」わけです。ゼロから考えるために、ややこしい手続きのように書きましたが、ふつう両替とか、チェンジといっているのは、さきに書いた手続きを気づかぬうちにやっていることです。

もっと簡単に、ドルを買うとか、円を売る、という言い方で考えても同じです。

また、お金は兌換券ということ以上に、その国の貨幣に関する法律や管理の制度がしっかりしていることの度合いが問題になります。

紙幣の兌換制度は次第に廃止され、最後まで残っていたアメリカも一九七一年に廃止し、管理通貨に切り替えたため、世界中で兌換券を発行している国はなくなりました。

兌換券でなくていいことになれば、いくらでも紙幣が刷れるかというと、そうはいきません。もしそういうことをすると、カネとモノとのバランスが崩れ、インフレーションがおこるに決まっています。

中国の昔、清国の時代に、国は銀を貨幣としていたので、銀の兌換券を発行していました。あるとき国王が調べたら兌換のために用意されているはずの銀が、相当量紛失していました。問い詰めても誰が持ち出したかわからないのです。王は非常に怒って「役人全員の責任だ」と決め、いっせいに銀の穴埋めをはかったというのです。そうしないと国家の財政と信用はまったくなくなってしまいます。後の西太后《せいたいこう》になる人のおじいさんもその責任をとらされ、わたしの計算では約九億円の弁済をしなければならなかったと読みました。その本の名前を忘れましたが、そのように書いてありました。

ところが、池内訳の『ファウスト』では、メフィストフェレスがやってきて「地中に眠っている宝を抵当にして紙幣を発行すればよい」というのです。

宰相《さいしょう》はこの実施をただちに布告します。

「およそ知ることをねがうものすべてに

布告する。
この一枚の紙片は、一千クローネに通用する。
帝国領内に埋もれている無数の財宝を、
その確実な担保とする。
この豊富な財宝は、すぐに発掘して、
兌換の用に役立つよう、すでに準備を完了した」。

メフィストフェレスに知恵をつけられたファウストのやりかたは、想像力に頼る紙幣ですから、皇帝のもとでならしばらくはもつでしょうが、その想像力のとどかぬところ、たとえば外国ではその紙幣をキンに換えることができませんから、まもなく破綻するときがきます。

これは、『ファウスト』の中だけでなく、実際に一七一六年、ジョン・ローという人物がいかがわしい個人銀行券を発行し、のちにその銀行は、王立銀行に昇格し、ローはフランスの大蔵大臣にまでなりましたが、ファウスト流に紙幣を発行したため、大インフレをおこしてフランス経済を大恐慌におとしいれたことがあったといいます。

昔の十円札には、和気清麿《わけのきよまろ》の顔が印刷されていました。ところがそんな昔の人の顔は残っていません。聞くところによると、イタリア人の銅版画家キヨソーネ（一八三二―九六）が描いたものということでした。これを情報だとすると、事実（清麿の容姿に関わる資料）はまずありませんが、でも紙幣の清麿が日本中に広まっていく頃には、これが、実像だとおもいかねないことになるでしょう。しかし実害は無いでしょう。

ベートーヴェン（といえば、髪は乱れ、楽譜を手にして、空をにらむ感じの顔）やサンタクロースの顔かたちや衣装もいい例ですが、情報がみんなのものになると、虚像が真実にみまがうばかりになります。

そういうとき「情報が一人歩きをはじめる」というのです。

みんなが、虚像を真実だとおもっていたら、実像を提示してもなかなか信じてもらえません。わたしも、ピーターパンを描いたら、ちがうといわれました。どうして、と聞くと「ディズニーのピーターパンはこうじゃない」というのです。これはまあいいとして、悪魔をかいたら「その悪魔は違う」といわれたときは返事のしようがありませんでした。

地動説は、その特別な例ですが、このようなことは、意外によくあるものです。

24　菊池寛のこと

話は変わりますが、わたしが若い頃、感動した話を書きたいとおもいます。

今の五千円札は樋口一葉《ひぐちいちよう》ですが、その前は新渡戸稲造《にとべいなぞう》の肖像でした。

この方は、東京大学で学んでいましたが、中途で退学し、私費でアメリカに留学しました。フィラデルフィアの名望家の女性と結婚し、自分は「日本とアメリカの架け橋になる」という、青年時代からのゆめを実現した人でした。

日本へ帰って、第一高等学校の校長になられました。そのときの思い出ばなし「一高の入学を志望した感心な前科者」（雑誌「実業の日本」一九一三年五月号）という文章のことです。

若者が校長室へはいってきて、「この学校では前科者の入学をゆるされるでしょうか」と聞きます。

新渡戸稲造先生は、何をしたのかと聞く。

「新聞に広告しまして、ある薬を売ったのであります。それは極めて簡単なもので、毒にも薬にもならぬものでありました。得た金は二、三円でありましたが、それを訴えられて法に触れました」

「君はその男を知っているのか」

「はい……じつはわたしです」

というのだから、そうとうな心臓のもちぬしです。

新渡戸先生は日を改めてまたくるようにと指定すると、彼はまちがえずにやってきました。

ついに、彼の誠意を信じ、テストを受けてもらった後に、

「入学を許すようにはからいたい。後日君が恥辱をうけるようなことがあったら、我輩は君の味方になってあくまで弁護してやろう。この上はおおいに勉強して試験にうかるように努力するがよい」

といったのに、彼はついに入学してきませんでした。気になるので、彼の出身校の校長に聞いたところ、

「彼は実に偉い男です。彼の真の事情をしっているものは、おそらくわたし一人でありましょう。彼は他人のしたことを、自分が引き受けて法の罰を受けたのです」

というのです。新渡戸先生はおもいます。

「彼の母は、ことの真相を知っているにちがいない。親というものは、とかく自分の子の罪でも人にぬりつけたくなるものだが、彼の母は、その子とともに、恥辱に耐えようとしている」

罪人の身代わりというのは、かならずしもほめられたことではありません。でも、彼の出身校の校長が、「彼の真の事情をしっているものは、おそらくわたし一人でありましょう」といっているのが本当なら、黙っていないで、なぜその筋に訴えてくれないのか、とおもいます。

これは、事実そのままを書いたら、誰のことを書いているのかすぐにわかる。だから小説のように話を変えて書いている、そのため、この文章にどうもつじつまのあわないところが出てくるのだとおもえます。

では、本当のところはどうか。前科者といっているのは、おどろくなかれ、これは菊《きく》池寛《ちかん》のことなのでした。

菊池寛といえばわたしたちの世代でしらぬものはありません。

一九二二年三十四歳のとき、雑誌「文藝春秋」を創刊し、今日の文藝春秋社の基礎を作りました。小説や戯曲のすぐれた作者であるだけでなく、社会全体を代表するような名士でありました。

一八八八年　高松市に生まれた。
一九〇九年　さる親戚の養子になる約束で、明治大学の法科に入学するが、文学で身を立てようと、決意し、三ヶ月で退学。
一九一〇年　早稲田大学に籍をおいて、同大学の図書館にかよう。このとし、第一高等学校に入学した。同級に、芥川龍之介、久米正雄、山本有三、石田幹之助、土屋文明、成瀬正一、独文には倉田百三がいた。
一九一三年四月　友人の窃盗《せっとう》事件のまきぞえをくい、卒業をあと三ヶ月に控えて退学した。京都帝国大学英文科選科に入学した。

菊池寛が、一九二八年五月から「文藝春秋」に連載した『半自叙伝』という作品に、このあたりのことが書かれています。文章の力でもあろうし、当人が淡々としているためでしょうが、とかく美談にかたむきやすい話が全く嫌味のない文章になっています。この『半自叙伝』は今は岩波文庫に入っているし、『菊池寛』という題で文藝春秋社からも出ていました。『走れメロス』は伝説ですが、これは事実をもとにしたものです。このふたつをくらべて読んでもらいたいとおもいます。

「自分が一高を退学したときの事情はほぼ小説『青木の出京』という作品のなかに書いてある」と菊池寛はいいます。この小説もいつか読んでもらいたいとおもいますが、そこにでてくる青木というのがひどい迷惑をかけた友達の仮の名です。研究書には実名を記したものもあります。

この本では、自分が退学しなければならない原因は小切手となっていますが、本当は一着のマントです。

これより前、独文のK（中略）が何等の交際もない青木に妹を紹介した。彼女は当時女子大学生であった。私は、Kがなぜ青木に妹を紹介したのか分らない。青木の話に依れば、Kの妹がつまらない高商の学生と交際しているが、そんなものと交際させるのはわるいから、その男との交際を絶って、青木と交際させると云う名目だった。（中略）〔Kは〕青木に接近するために、妹を紹介したのではないかと我々には考えられた。しかし、その動機がいずれにしろ、妹を若い青木に紹介するなどは、よく云えばロマンチックでわるくいえば不謹慎である。その意味で、Kは後年その著作で名声を博したが、私はその人を信用する気にはなれなかった。

その著作は、大変よく読まれました、美談調のもので、わたしは読んでみましたが、へそまがりのせいか、困った本だとおもいました。著者の名は隠しても、すでに名前が出ています。このKというのは倉田《くらた》百三《ひゃくぞう》のことです。

ある日、青木はKの妹と、どこかで会う約束をしました。青木は外套を着て行きたかった。『金色夜叉』の貫一ではないが、マントはいわば、こんな時のファッションだったかもしれません。

彼は同県人の黒田からマントを借りてきたといっていました。

　それから、二日位してである。青木も自分も、一文《いちもん》も金がなかった。われわれが金の算段を考えているとき、青木が例の外套を一時質種に持って行こうと云い出した。金が来れば出して返せばいいというのである。そう云う出鱈目《でたらめ》は珍しい話ではなかった。私は早速それに賛成して、白昼その外套を持って、質屋へ行ったのである。私は、白昼蒲団《ふとん》まで、かついで行った位だから、そんなことはなんでもなかった。

ところが、このマントは黒田から借りてきたものではなく、北寮の一年生の部屋から、ふつうに言えば盗んできたものでした。

ふだんマントなど着たこともない菊池寛がそれを着て校門をとおり、質屋へ向かったのだから人目につかぬはずがありません。

北寮では、マントが無い、と大騒ぎになります。果たせるかなマントは質屋から出てきました。菊池寛は呼び出され、大沼という体操の先生と向かいあいます。

二人は、青木の帰りを待ちます。重苦しい時間が過ぎ、十一時になっても青木は帰ってきません。この間、大沼先生の話をきいているうちに、また青木が以前、人の辞書を質に入れたことなどを思い出した彼は、だんだん自信を失ってきます。青木が人のマントを盗んだとすると話につじつまがあう。このままだと青木が犯人として捕まることが目に見えてきました。

私は、どうにかして、青木が寮務室に呼ばれる前に、彼と会い、彼がほんとうにやったとしたならば、何とか善後策を講じたいと思ったのである。（中略）今、（自分

産卵のために北海道の川を遡上するサケの群れです。

が」寮務室を出て行くには、自分が仮に罪を負う外にいい方法はないのだった。（中略）しかし、自分が責任を負うことは、自分がしたことになるのだから、もしそう云ったと同時に、一高の独特の制裁である鉄拳制裁などやられてはたまらないと思ったので、大沼さんに訊《き》いた。

「もし、僕がしたと云うことになったら、鉄拳制裁を受けますか」

「いや、君が学校をよしてくれさえすれば、鉄拳制裁などは受けなくてもよい」

「そうですか、じゃとにかく僕がしたことにしましょう」

と、僕は云った。

この言い方が、けしからんといって大沼さんや生徒監は憤慨したそうですが、この先生たちも、もっと親身になって聞けば、彼の言葉の「ウソ」と「ホント」がききわけられそうなものなのに、と残念です。ともかく青木が帰ってきたのは、その夜十二時をとっくにまわってからでした。

「君は、あのマントを黒田君から借りたというのは本当か」

「本当だとも」

「しかし、君、あれは北寮で無くなったものと、同じと云うことが分かって、僕は寮務室で調べられたぞ。だから、君一緒に行って弁解してくれ」

青木の顔は忽ち《たちま》蒼白《そうはく》に変じた。

「どうしよう。どうしよう」

というと、彼は、悲鳴をあげて泣き出した。（中略）

彼の煩悶《はんもん》と苦悩とはいつまでもつづいた。彼の父は、文教と関係のある職業に在り、上田《うえだ》万年《かずとし》博士と同期の古い文科の出身で、彼は四人兄弟の長男であり、郷党の模範学生であり、彼が万一の事があっては彼の父も晏如《あんじょ》として、その職にいられないのだった。彼は悲鳴をあげて泣きしきった。私は泣きしきっている彼に、寮務室へ行って、私の冤罪《えんざい》を雪《そそ》いでくれとは云えなかった。その上、私は一高を出ても、大学へ行く学資の当《あて》は全然なく、やや自棄的な気持にもなっていたし、青木が自ら行くと云わない以上、彼を無理に寮務室へやらせる気持にはなれなかった。私は、到頭《とうとう》青木の代りに学校を出る決心をした。私は初めから好んで義俠《ぎきょうてき》的に身代わりになろうと思ったのではなかった。青木がその夜、寮にい合わせたら、或いは十一時頃までに帰って来たら、何の問題もなく、青木はその当然な罪を背負ったのだろうが、青木が珍しく外出していたことと、私が自分が助かると同時に、青木の善後策をしてやろうと、一時罪を背負ったため、それを青木に背負い直させることが到頭出来なかったのである。

学校を辞めようとする菊池寛に、何の当てもなかった。

「どんな境遇にいても、文筆をもって世に出られたと思うほど、自分はうぬぼれていない。」

といっている。

思いがけぬ半生の危機に臨んだのだったが、級友、成瀬《なるせ》正一《せいいち》が、彼の（当時、十五銀行の支配人であり、また同郷のよしみもあった）父に、「学資が無いために〔学校を〕よした」と話してくれたので、成瀬の家に寄宿し、学資も出してくれることになって、「将来大学の選科に入ろうと決心したのである。」

また同じクラスに長崎という男がいた。純情な男で、菊池寛を訪ねて、退学の真相を問いただした。感情家の彼はすっかり興奮して、新渡戸校長のもとへ行き、菊池寛の退学の事情をすっかり話してしまった。菊池寛にそんなつもりは無かったが、再調査ということになって、学校へ呼び出された。

学校側では、菊池寛が前言を訂正して謝れば、菊池寛も青木も助けることにしようと話ができていたのに、前言を翻すのは卑怯なことだと考えた菊池寛は、あくまで自分が悪いといいはったので再入学は許されなかった。しかし後に第一高等学校卒業検定試験をうけたとき、無事パスしたのは「学校の当局者が僕に対する好意があったためだろう」と述懐している。

そして菊池寛は、東京大学の選科に入学を希望したが、入学を阻止された。上田万年は青木の保証人だったが、青木は上田万年の印のかわりにでたらめな印を押して下宿届けをだしていたりしたことが分かり、菊池寛を青木の悪友だと考えて、彼の退学の事情などにも好感をもっていなかっただろうという。そのために菊池寛は京都大学の英文科選科に入学した。

青木は無事一高を卒業したが、悪癖はおさまらず、やがて社会の信用を失い、病気で早く亡くなったと、……これは他の本で読みました。

『半自叙伝』をはじめて読んだのは昔のことですから、今となってはむりですが、あの菊池寛のように生きたかったとおもいました。

高校を中退し、高校は検定試験に合格することで間にあわせて大学に進む、という例がありますが、これと菊池寛の場合を混同してはいけません。しかし図書館で勉強するのは全く賛成です。「そもそも勉強というものは、すべて独学」つまり、大学へ入っても独学しなければ、学問は身につかないのです。

『半自叙伝』は彼をめぐる、友人たちの物語でもあります。菊池寛の中途退学の学生生活と、はやりの高校中退と、はっきりちがうのは、良くも悪くも友達があることではないかとおもいます。

25　K君の落とし物

話は変わりますが、戦後のこと、わたしは代用教員となりました。だから教職課程の単位などをとるために、短期間でも学芸大へ行って勉強をしなおしてこなければなりませんでした。男女共学の新制大学ができたばかりの頃で、学生寮の大半は女子学生です。一棟を男子が借りて住み、寮の自治はすべて女子がとりしきっていました。わたしは男子寮の一部屋のまとめ役という立場でした。食糧事情のひどく悪い時代で、菊池寛のように、質に入れるものはもちろん、マントなんかありはしませんでした。

ある夜、「落とし物の刺繍《ししゅう》の財布がとどいています。心当たりの方はとりにきてください」と放送がありました。同室のKが「あれは、きっと俺のものにちがいない。中身が恥ずかしいから、とりにいってくれないか」というので、いくじなしめとおもいながら、わたしが代理でとりに行きました。ところが、これがとんでもない冤罪《えんざい》のもとになりました。

寮務室には大野という、随分山奥から来たということになっている女子学生をはじめ五、六人の自治会委員がたむろしていました。「この財布に間違いありませんね」と言うからよく見ましたが、それはKがわたしに説明したとおりの刺繍の財布でした。

「たしかにこれです」といって、もらってきてやりました。Kはすごく感謝しました。そして、

「じつは、あの財布のなかにゴム製品をいれていたんでね」

と、てれ笑いをしながらいうではありませんか。

わたしは、おどろきました。つまり、寮務室にいた五、六人の面々から見れば、「Aは、避妊用具を肌身はなさずもちあるいている」とおもわれても仕方がありません。

これはえらいことになった。いますぐ引き返して「あれは頼まれてとりに来たんだ」と弁明するのもおかしいとおもって、あきらめました。

落とし物の財布だ、どこかに手がかりはないかと、探したに決まっています。でも、のんきなもので、二、三日たつうちに忘れてしまいました。

あのとき寮の一室にいた、女子学生の大野さんは、卒業の後に結婚して、わたしの義

兄の家の近くに住むようになったので、一度遊びに行きました。そして思い出の釈明の機会ができました。

「そうよ、あれはちょっとした評判だった」

といわれました。

あれから、五十年近くたったいまではどうでしょう。Kのような心がけは、学校でおしえるほどの常識になりました。

だとすれば、わたしが身代わりになっても大丈夫だったのでしょうか。

いわば、先見のあるKは後に山口県の小学校の校長になりました。生涯黙っていようとおもっていたできごとですが、もう時効になったとおもってもいいでしょう。

26 『ファウスト』のマルガレーテ

『ファウスト』という戯曲についてはさきに書きました。

ことの起こりは、ファウスト博士が、悪魔のメフィストフェレスに魂を売るところから変事が起こります。ファウストは魔女の作った若返りの秘薬を飲み、十四歳をこしたばかりのマルガレーテという少女に夢中になり、そして子どもを産ませてしまいます。私生児を産んだマルガレーテは、その子を川へ流さねばならなくなります。それだけではなく、メフィストフェレスに知恵をつけられたファウストは、マルガレーテのお母さんを毒殺するようにしかけ、その上お兄さんまで殺してしまいます。

やがてワルプルギスの夜がきます。ワルプルギスというのは、疫病や魔法から人間を守ることになっている神の名前です。五月一日がその祭りの日であるため、魔女たちは例の箒《ほうき》や牡山羊の背にまたがってブロッケン山にあつまるのです。

メフィストフェレスは魔法使いではないから、この山に行く資格はないのですが、悪魔は魔法使いもこわがるほどですから、ファウストを案内してブロッケン山に登ってもだれもとがめるものはありません。

この山にきて、ファウストは、マルガレーテが子どもを水に流した罪のため、牢獄へ入れられている幻影を見ます。ファウストに肉親を殺されたとはしらぬマルガレーテはまだファウストを優しい人だと信じています。

さすがのファウストも、これはメフィストフェレスの書いた筋書きだ、といって、自分のことは棚に上げて、怒り狂います。

さてこれからどうなるでしょう、というおもしろい話なのです。

一七七二年一月のこと、フランクフルトでマルガレータという少女が、自分の生んだ子どもを殺した罪で死刑になるという事件が、本当にありました。ゲーテはこの事件をくわしくしらべ、戯曲『ファウスト』の中心になる素材にするのですが、が、一方ゲーテは、教会でそんな懺悔《ざんげ》をしなければならぬという決まりは、残酷であると主張し、一七八六年ワイマール（ドイツ）では、その残酷な掟がやっと廃止されたということです。

そんなことがあってから、二百数十年経つこのごろではどうでしょう。

いう話です）。

ドイツのブロッケン山とバーレンベルガーホテル（1988年に閉じて売りに出た

私生児というのは、人間の世界だけのことです。こういう言葉があるから、私生児もあるという関係が見えます。結婚という人間が作った法律が、どこまで正しいか。かならずしも完璧でない法律には、例外のあることを考えにいれると、先に書いた財布を無くしたKのことを、あまり悪くいえない気がしてきました。

「このごろは、女子学生が避妊具を買っていくそうだ」

といって、眉をひそめてみせるオバサンたちがあるといいますが、被害者になるかもしれぬ女子学生が、自分を守る意味があることに気がつかないのかもしれません。

もっとも若者の安易な考え方にも問題があります。学校や書物が、避妊や病気感染の方法をおしえているのは、消火器の正しい使い方であって、そうした準備の上で、安心して火事を起こせといっているわけではないのですから、甘えてはいけません。

27 コペルニクス

『君たちはどう生きるか』という有名な本の中に、
「人間は、いつでも自分を中心として、ものを見たり考えたりする性質をもっている」
という意味のことを書いた箇所があります。

わたしも、他の人のことを考えないといけない、とおもいますが、たとえば、交差点で車に乗っているとき、横断する人はもっとさっさと渡ってほしいとおもうし、自分が横断しているときは、車はゆっくりして、渡っている人のことを考えてほしいとおもいます。

著者の吉野《よしの》源三郎《げんざぶろう》はつづけます。

「君が大人になるとわかるけれど、こういう自分中心の考え方を抜け切っているという人は、広い世の中にも、実にまれなのだ。殊に、損得にかかわることになると、自分を離れて正しく判断してゆくということは、非常にむずかしいことで、こういうことについてすら、コペルニクス風の考え方の出来る人は、非常に偉い人といっていい。たいがいの人が、手前勝手《てまえかって》な考え方におちいって、ものの真相がわからなくなり、自分に都合のよいことだけを見てゆこうとするものなんだ。

しかし、自分たちの地球が宇宙の中心だという考えにかじりついている間、人類には宇宙の本当のことがわからなかったと同様に、自分ばかりを中心にして、物事を判断してゆくと、世の中の本当のことも、ついに知ることが出来ないでしまう。大きな真理は、そういう人の目には決してうつらないのだ。」

コペルニクスは、一四七三年に、ポーランドのトルンという町で生まれました。そのころの優れた天文学者たちに学び、地動説をとなえました。

天動説の時代は、地球を中心にして回る惑星は、それぞれ見えない天球に張り付いたまま回る、と考えられていたのです。張り付いたということにしないと落ちるから、という気持ちです。

ところが、よく観察すると、それぞれの惑星は同じ方向に運行しているはずなのに、あるとき、逆の方向に進み、しばらくしてまた前に進むという複雑な動きをする惑星があることの説明がつかないため、見えないその天球に、もう一つの周転円というものがついていて、惑星は、その周転円に張り付いているために逆行がおこると説明されていたのです。

そのためには何重もの複雑な動きを起こす歯車を用意しなければなりません。コペルニクスは

「天の動きをつかさどる神様がいたとしたら、もっとわかりよいしくみになさるはずだ」

と考え、地球が中心なのではなく「太陽を中心にして惑星が回っている」と考えれば、複雑な問題は一ぺんに解消される。つまり、天体が逆行するようにみえる運動は、太陽を回る惑星たち（地球も太陽の惑星）の公転速度（太陽の周りを一周する速さ）に差があるために起こる、地球から見た場合の見かけの上のできごとだ、と説明しました。

これは天動説から地動説に、文字どおり天と地がひっくりかえるほどの、歴史的な大発見でした。

そして『天体の回転について』という本にまとめたのですが、彼が病床につき、一五

四三年に死ぬ直前まで、出版を許さなかったため、彼自身は完成した書物を見ることがなかったといわれています。

コペルニクスが心配していたように、正しい地動説も、当時の世界にすぐ受け入れられることはありませんでした。たとえばこの説を熱烈に支持したブルーノはローマで火あぶりの刑にあいましたし、ガリレオも宗教裁判にかけられました。

わたしたちは、いまでも太陽が昇り、沈むという言葉を使っています。ふだんは、むしろその方がいいのですが、「宇宙の大きな真理を知るためには、その考え方を捨てなければならない」ことがあるのです。

これは、天体の動きですが、それにかぎらず、わたしたちが生きていくとき「正しいことはなにか」と、考えねばならぬことがいくつもあります。

新聞やテレビなどで報道されていることは、疑いもなく信じてしまうものですが、新聞記事のその取材のもとになっていることのなかには、あとになって、それは「一種の天動説」のようなものだったかもしれないと、考え直したほうがいいこともあります。

たとえば『司法記者』(講談社)という本があります。これをかいた由良秀之という人は、もと検事の郷原信郎が本名で、今日の検察のあり方を厳しく批判し、最近では、九州電力第三者委員会で発言し、「原子力発電を再開していいかどうかという問題点を問う」重大な局面で注目を集めました。

このことはむつかしいので、ひとつだけ、宇宙の大きさに関係のあることを書くことにしましょう。

コペルニクス以来、宇宙というもののはかりしれない大きさ、時の流れのはかりしれない長さは、時と共にさらに広がり、ブラックホールとか、宇宙遊泳とか、赤外線宇宙天文台など、さらに、天文学が進みました。

その広さや、大きさや、時間の悠々《ゆうゆう》たる流れにくらべると、わたしたち人類の歴史は、瞬間となり、その歴史の中の自分の生涯などは考えられないほど小さく、目にも見えないほどになってしまいます。

その見えないほど小さい人間の頭が、この広大な宇宙について考えているということもまた、おもしろいことなのですが、それはともかく、このような、広く大きい世界の中にいて、「生きていることの空しさ」におもい至り、とうとう日光の華厳の滝に身を投げた人がでてきました。彼が木を削って書き残した「巌頭之感」は、かなりの名文だったため、わたしも、その詩を暗唱できるほどの影響をうけたおぼえがあります。この詩のことについては、前に書きました。

宇宙は確かに、おもいも及ばぬほど大きいものですが、そのことをおもい浮かべることができるのは人間だけです。

天地を創造したことになっている神も偉大ですが、その神を想像、創造したのは他ならぬ人間です。

ふつう、そのような世界に生きている場合の考え方を「世界観」といっています。みんながコペルニクスのことを理解しているわけではないように「世界観」も、みんなが同じというわけではありません。

さきに「自分の利害を離れて正しく判断してゆくということはとてもむつかしい」と書いたことを、おもいだしてみてください。

もう一度、同じ例をあげますが、横断歩道を歩いているときは「車にもっと注意して待ってもらいたい」とおもい、その同じ人間が、こんどは車に乗っているときは「横断している人はさっさと歩いてほしい」とおもうようなものです。

見ていた野球の試合が中断されて、地震情報になったりすると、ＮＨＫに苦情が殺到し、「わたしはテレビを見ていたのだ。わたしにとっては、遠くの地震よりも、目の前の野球の勝敗が問題なのだ」という人があるそうですから、全国放送もむつかしいともいます。

28　科学と科学技術のこと

「科学は不可能を可能にする」「科学万能の時代は終わった」などと、科学の時代といわれるだけあって、科学という言葉をさかんに見、聞きしますが、科学という言葉をただしく考えた上で使われているようにはおもえないことが多いと感じます。

また、「科学は戦争や、産業と結びついて、たとえば産業廃棄物をだし、環境を汚染する。その恩恵は認めるけれども、科学がこれほど進歩しなかった昔の方がよかった」という考え方もあり、わたしもそうおもうことが少なくありませんが、実際には、わたしも「科学技術」というものの恩恵をうけていないわけではありません。

では「科学」とは何か、「技術」とはなにかということを考えておかないと、科学者でも「この言葉はわかりにくい」と言っているので、よく考えてから話を進めたいとおもいます。

『科学を名のった嘘と間違い──非科学の科学史』（市場泰男訳編、現代教養文庫）という名著の「訳者あとがき」から抜粋させてもらいました。

「科学が職業としてひきあうものになったのは比較的近代のことだが、二度の大戦をへて、科学者の数も地位もおどろくほど高まり、今や社会の中におしもおされもせぬ地歩をきずくようになった。それにつれて、科学も技術もごっちゃにされ、科学万能主義といい、反科学主義といっても、その科学は科学をさすのか、あるいは技術文明をさすのか、さっぱりわからない有様になった。私の印象では科学と科学の応用（技術や医療など）に業（なりわい）としてたずさわる人をひっくるめて、世間では科学者といっているようである。業としてたずさわっているから科学者なのであって、科学的理性にすぐれているから科学者なのではなく、それだけでは科学者とよんでもらえない。ある科学者の権威とは、なかば以上は大学教授、研究所員、官僚といった地位の権威の照りかえしであって、その人個人の資質によるとは限らないようである。その点で、あの人はえらい科学者だから、何事につけても無私無欲な立場から科学的合理的な判断を下すだろうと、安直に信用するととんでもない目におちいる恐れがある」
（この文章は、福島原発の事故の起こらぬ時点で書かれたものである）

これは、とてもわかりやすい文章なのですが、さらにやさしく書いてみました。
「科学上の新しい発見が、名誉だけでなく、職業として、収入が得られるものになったのは、まだ二度の世界大戦がおわってからのことで、比較的新しいことです。二度の戦争をへて、科学者の数も増え、地位もおどろくほど高まり、今や社会の中におしもおされもせぬ地歩をきずくようになりました。

にわかに「科学」に人気がでてくると、それにつれて、科学も技術もごっちゃにされ、科学万能主義という考え方があるかとおもうと、反科学主義をとなえる人たちも出てくるなどして、世間は過剰な反応をしめしました。

いうところの「科学」は科学をさすのか、あるいは「技術文明」をさすのか、さっぱりわからない有様になりました。私（訳者）の印象では科学と科学の応用（技術や医療など）に業（なりわい・職業）としてたずさわる人をひっくるめて、世間では科学者といっているようです。業としてたずさわっているから科学者なのであって、科学的理性にすぐれているから科学者なのではなく、それだけでは科学者とよんでもらえません。ある科学者の権威とは、なかば以上は大学教授、研究所員、官僚といった地位の権威の照りかえしなのであって、その人個人の資質によるとは限らないようです。その点で、あの人はえらい科学者だから、何事につけても無私無欲な立場から科学的合理的な判断を下すだろうと、安直に信用するととんでもない目におちいる恐れがあります」

（この文章は、まだ福島原発の事故が起こっていない時点で書かれたものです）

わたしと同じ島根県の生まれで、同じ工業学校に行って、すばらしい研究をなし遂げた大野篤美という科学者がいます。科学と技術を考えるいいテーマなのでしらべてみましょう。

彼は柔道は黒帯で、寄宿舎に住んでいて、同じ部屋にいたものはみんな地方から出てきたものばかりでした。（ふつうはいじめのある時代だったのに、けっしてそういうこともなく、彼らの部屋では上級生も下級生もみんな仲良く暮らしていました。）

彼は後にトロント大学にすすみ、そこで博士号をえて、トロント大学、千葉工業大学の教授になりました。現在は客員教授でときどき講演にまねかれますが、ほとんど本を読んでくらしています。

『金属の凝固』（地人書館）という本を出し、わたしが装丁をしました。昭和五十九年に出た本ですが、今も版をかさねています。

かいつまんで言いますが、ある日彼は北極の上を飛行機で飛んでいるとき、天啓というしかない、ひらめきをおぼえたといいます。

熔けた金属が固まるときは、外から順に固まるものだ、と、わたしたちは考えているのが普通ですが、かれは、「中（内側というような意味）から固められるのではないか」とおもったというのです。

おおげさにいうと、天動説から地動説へ大転換したような、とんでもない着想でした。その夢を実現させたのが大野の加熱鋳型式連続鋳造法（OCC）、というものです、簡単に言うと誤解されそうですが、つまり、暖めながら、凝固させよう、というのです。しかし、そのころの彼の研究に注目するひとはありませんでした。たぶん、彼が地方の大學の教授だったからではないでしょうか。「権威の照りかえし」というのはこのことです。彼はたとえばトロント大学の権威をふりまわすくせがなかったのでうけいれられないのかもしれません。

中から固まるというのは、アイスキャンデーを例にとると、いちばん外側の部分がまず冷えて固まりますが、すると、お湯がわくときの対流のように、冷えた結晶が中に進み、つまり未だ冷えていないものといれかわり、それが固まると、また中の、まだ固まっていないものといれかわり、こうした対流、循環をくりかえして、ついに凝固するのでした。

このように考え、実験室でその考えを実証したのですが、そこまでを科学者の仕事としましょう。

彼は、日本の企業に訴えますが、どこもあいてにはしてくれませんでした。ところで、金属凝固の真相がわかると、それまで自然にまかせるしかなかった金属凝固を、人間がコントロールできるようになりました。これは大変なことです。

たとえば鉄棒をつくるのに、鉄柱の形の鋳型のなかへ、熔けた金属をながしこむと、凝固しますが、それはせんべいを積み重ねて柱にしたかたちにしかなりません。あとでせんべいの凹凸を磨いて鉄棒にするのです。

ところが大野式にコントロールできるとなると、つまり、温めながら凝固を手加減していくと、ちょうど竹のように繊維が縦に並んでかたまるのです。わたしはこれを見たことがありますが、磨く必要がなく、はじめから磨いたような鉄棒になっているのです。それだけではありません、もしどちらが丈夫かということになると、せんべいよりも竹の方でしょう。

この発明に注目したのは、カナダとロシアでした。また東京軽合金製作所の小松二郎社長であり、またドイツのアーヘン大学へ遊学しておられた平岡照祥《てるよし》さんたちでした。

外国は「照りかえし」については、問題にしません。わたしは、ひそかにこの金属凝固の効用をおもいます。善し悪しは別として、この科学が兵器の制作につかわれる「技術」になるのではないか、とおもうのです。

29　科学技術の発展

山本夏彦にならった言い方をすれば、たとえば、

「テレビがカラーでなかったころ、不自由だったか、何も不自由はなかったではないか。テレビがなかった頃、何か不自由だったか、ラジオで充分だったではないか」。

ナビゲーターがなかったころ、そういうものだ、とおもってわたしは道もわからぬ外国で車を運転していました。何か不自由だったか、手まね足まねで現地の人から道を聞き、それでもまちがえたのは楽しいおもいではなかったか、とおもいかえします。

原子力発電でもそうです。

「多額の援助を受けていた村が、今後は作らぬということにすると、雇用の問題、予算の問題などでお先真っ暗ということになる。反対でも、賛成の立場」と嘆く村長をテレビで見ました。

むりもないな、とおもいますが、

「原発が無かった頃、雇用はなかったか、何か不自由だったか。みんなそれなりに原発で甘やかされて、いろんな公共施設ができたのはうれしいが、いつの間にか重荷になっているのではないか」

とおもい返してみることも、これからは大切だとおもいます。

知らなければ、いつもよき時代でした。

よき時代は平和に暮らしていました。

科学の時代の恩恵によって、くねくねと曲がるカテーテルのおかげで、狭心症の手術ができ、わたしは命を長らえています。

肺ガンもそうです。手のほどこしようといったら放射線の治療しかありませんでした。そういう現代医療のおかげで、命を長らえました。

携帯電話はどうか、なくてもいいといいたいけれど、今となっては携帯電話がなくては生きていけないような気がします。

すれ違いを主題にした『愛染かつら』や、間一髪で航空管制塔への連絡ができなかった『カサブランカ』のような映画も成り立たなかったでしょう。いや昔の映画はほとんど成立しなかったかもしれません。

事実この文章も、パソコンをたたきながら書いています。二十年前、わたしの息子のすすめで、パソコンを覚えたのでした。

だから、科学技術の恩恵を受けて生きていることを、否定できなくなりました。

「科学万能の時代は過ぎた」とか、

「公害や、核兵器などは、科学がいけないのだ」

といった言い方がピンとこないのは、科学と科学技術とを混同してつかっているためかとおもわれます。

科学技術の独走を、いちばん心配しているのは科学者だろうとおもいます。

「科学と科学技術とはちがう」ことをあらためてくりかえしておきたいとおもいます。

わたしの信じていることをかいておきます。
一　一回だけできたり、当たったりしても科学とはいわない。
二　条件さえ同じなら、だれがやっても、何回でもできなければ科学とはいえない。

科学の進歩はうれしいが、マイナスの働きをするようになったときは科学技術を制御《せいぎょ》しなければなりません。

いましきりに問題になっている原子力発電についても、地震や津波の警戒に万全を尽くすのは当然ですが、それよりも「使用済み核燃料の処理方法」が大きい問題です。このことが解決されないまま、原子力発電所の計画が進行してきました。「この処理方法は次世代の科学者が解決してくれるだろう」などといったような、無責任なことで計画をスタートしてはいけない、とおもうべきです。

実際にテレビに出てそういう意味のことを言っている人がありました。それはとても無責任です。

自動車事故、近代の戦争と、新しい兵器、宇宙開発などは、科学というより、科学技術の産物です。進歩とおもえたこれらのことは、退歩かもしれないとおもいます。

科学が営利と結びついたとき、科学技術というなかなか理解しにくいものになるのではないかとおもいます。

新しい医療技術によって、ひとは命を取りとめていますが、新しい科学技術のために、命を失う人の方が多いのではないかと、うたがいます。

湯川秀樹さんは、原子力委員会参与となり、原子力の基礎研究を政府に働きかけましたが「いまさら、新しく基礎研究から始めなくても、すでに原子力発電所は稼働している、つまり実験済みの原子炉があるのだから、それを購入すればたりる。（基礎研究の膨大な経費が不必要になる）」という政治的な見方のために、基礎研究の重要さを説得する機会をうしなって、専門委員を辞退しました。

そのようにむりをした原子力発電所の事故は、科学技術に反省の時がきたことをおしえてくれました。福島原子力発電所の事故は本当に尊い犠牲だったのだとおもいます。いまもその事故は収束していませんが、そのかわり、だれもが、原子力発電の功罪を考える機会を与えてくれました。言葉の綾では収束できないことを、みんなが学んだのです。

わたしも「使用済み核燃料の置き場」に困っていることを初めて知りました。そして、その答えとして、廃棄物の処理方法を聞きもしましたが、それはとうていできそうにない、いいのがれの空論としかきこえませんでした。

津波のために防潮堤を高くしたり、地震に耐える発電所をつくる研究も大切ですが、それよりも、問題なのは使用済み核燃料の処理です。わたしはそれができているのだ、とおもっていました。

数学でいえば、公理の部分にあたる、最も基本の点がうやむやになったまま、いそいだのでした。

それでも原発を再開するなら、とりあえずは、目下話題になっている中間貯蔵施設に保管しなければしかたがありません。六ヶ所村はもう満杯だといいます。ここに言うところの「中間」という文字に首をかしげます。一時的な置き場、という意味なのでしょうか。また除染という言葉がつかわれていますが、これは放射性廃棄物を消して、なくしてしまおうということのようにおもえますが、放射性物質は、今のところ自分で消えてくれるのを待つしかないのです。それはかりしれない歴史的な時間を必要とすることがわかっています。除草、除菌、などとは全く意味がちがうのです。

テレビを見ていたら、「血液型の性格判断なんかいらない」という番組をやっていました。その場に登場した一〇〇人の中で、血液型の性格判断を信じている人が七二パーセントもいたのです。

スプーンを曲げる手品を超能力といってみたり、念写とかいって、人を写真にとり、その背後に人影のようなものを写すことができる、と言いはじめて引っ込みのつかなくなった例もあります。

ファインマンさんというノーベル賞物理学者が、スプーン曲げの演者ユリ・ゲラーとあい、目の前で実演しようとしたのですが、ついにできなかった。いいかえれば超能力という非科学のものは通用するはずがなかったのです。

いまも、科学というものの考え方によらず、占いや、祈禱といった、迷信に寄りかかっているひとがたくさんあり、いつも新聞をにぎわせています。科学の方法で考える人のほうが少ないかもしれません。一方に原子力発電があっても、それを利用する大多数の人は、政治家や教育家を含めてまだ、科学精神は浸透していないのではないかとおもいます。これは本当に心配なことです。

むかし、「精神一到何事か成らざらん」という、勢いのいい言葉がありました。これは自分を励ます意味をふくんでいるので、これを検討するのはしのびないのですが、さすがの精神でも物理の支配する現実の世界では、できることと、できないことがあることは考えておく必要があります。

「一心岩をも通す」という名言がありました、中国文学に詳しい中村愿《すなお》に聞いたら、出典を教えてくれました。

「漢の時代に、神出鬼没の戦闘を指揮するため、飛将軍《ひしょうぐん》といっておそれられた李広という将軍がありました。ある日、草むらの中に虎を見て、すかさず矢を射た。近寄って虎と見たのは岩だったことが、わかった。二度めの矢を射てみたが、二度と矢の立つことはなかった。」（『史記・李将軍列伝』田中謙二・一海知義訳）

これは故事で、いわばフィクションですから、それを、まえの戦争中のように「精神一到何事か成らざらん」と教えられてはこまるのです。科学は、理性の目と実証を信じる「良識のエッセンス」だと中谷宇吉郎《なかやうきちろう》は書いていますす（『科学と社会』岩波新書）。ならば、誰もが科学の考え方が身についているとおもえるのに、実際にはそうではありません。

漱石の『夢十夜』の第六夜のなかに、運慶が仁王《におう》を彫っているところに出会う話があります。

「よくあゝ無造作《むぞうさ》に鑿を使って、思うような眉《まみえ》や鼻ができるものだな」と感心します。すると、若い男が「なに、あれは眉や鼻が、（中略）木の中に埋《うま》っているのを（中略）、まるで土の中から石を掘り出すようなものだから、決して間違《まちが》うはずはない」といいます。

先年ノーベル賞を受けた福井謙一《ふくいけんいち》は若い頃、この話にとても感動したということです。掘り出すべき仁王は、少なくともこの「木」の中からであって、それよりも大きい仁王を掘り出したわけではありません。もしそれができたとしたら魔法です。彫刻のための「木」を自然とおくと、秘密はこの木のなかにかくされているわけで、その外にあるわけではありません。「科学上の発明発見が、いかにも不可能を可能にしたかのように見えることはあろうが、そうではなく、不可能とおもわれていたことを可能にしたのだ」というのです。

福井謙一は化学上の驚くべき秘密、つまり不可能とおもわれていたことを掘り出したために、この夢の話が、琴線《きんせん》にふれたのだとおもいます。

30　オランダイチゴ

以前、父にタオルケットを掛ける子どもの話を書いたことがあります。じつは寝ていたのはわたしで、布団を掛けているのはわたしの子が四歳の時のことです。

その子が何をおもったか、昼寝をしているわたしに、タオルケットを掛けようと考えたらしいのです。子どもだから、一度にぱっとかけるわけにいきません。それで、頭の方へいったり、足のほうをひっぱったりして苦労の末、やっとかけおわったころ、オトウサンが寝返りをうちました。だから、またはじめからやりなおしです。それでこんどは寝返りをされても大丈夫なように、自分がタオルの重しになって、オトウサンに添い寝をする格好になりました。

「ためしに寝返りをしてみたのだが、あんなにうれしかったことはない」と、老いたわたしはおもい出すのです。

そういえば、あの昆虫記をかいたファーブルには、『植物記（薪の話）』という本もあって、その中にオランダイチゴの話が載っています。

ストロウベリーともいう、あのイチゴのことです。

苗木屋でイチゴの苗を買ってきて植えておくと、おいしい実をつけたあと、匍匐枝ともランナーともいう、地をはう枝が、三、四本ばかり出てきます。枝は太陽の光をもとめて伸びます。この枝の先に子ができるのですが、枝はストローになっていて、このパイプを通して、親は子のために栄養を送ります。そして子が、しっかりと地面に根をおろしたのがわかってから、パイプは枯れるのです。

子は親の目のとどくところにいますが、枯れたパイプを通して、子が親に栄養をおくることは、できません。

自然はいつもわたしたちの手本だとおもってきましたから、わたしはこのイチゴの話にいたく感動しました。

その根をはった子も、やがてランナーをだし、そのパイプも枯れるときがきます。そして孫に当たる子ができるわけです。もとになったイチゴはもうランナーこそ出しませんが、いくつかの実はつけます。しかしその数も次第に少なくなり、やがて役目をおえるのです。

わたしは、自分を中心に考えていましたが、このパイプは、もっと遠く、私たちの祖先からつながってきているものでした。わたしたちの命は、こうした長い長い、DNAの中に生きてきたとおもっていいわけです。

そうだとすると、パイプが枯れることは、いかにもあたりまえの、自然の摂理なのです。


オカアサンから聞いた話も書いておきます。

風景はアフリカのサバンナです。ライオンがシマウマを襲います。一団は必死で逃げ、それを追うライオンも速い、ついに年とったシマウマがつかまり、ライオンたちの餌食になります。かわいそうですが、自然の掟はそうなっているのです。

子どものライオンはいつも親についてまわり、そして狩りの方法を学びますが、やがて若い自分が、自分の力だけでシマウマをしとめるときがきます。

すると、その若いライオンは急いで獲物を木のかげにかくし、昨日まで一緒に獲物をわけて食べた兄弟たちがもらいにきても、それを追い散らして、分けてやろうとはしないのだそうです。

それはなぜか、というのは問題です。

正しい答えは、そのとき、つまり自分の力で獲物をしとめたときが、そのライオンの旅立ちの日なのだそうです。

一人前になった彼は、親と別れ、独立し、もう群れの中へは帰らないのだといいます。

それが自然というものでした。

すこし、涙の出そうな話ではありますが、一人で生きるために、旅立っていく若いライオンをおもうと、わたしは祝福の涙をかくせないのです。

おわりに

吉野源三郎（一八九九―一九八一）さんの書いた『君たちはどう生きるか』という本を読んでください。岩波文庫でいつでも手にはいります。この書名からすると、ずいぶんお説教じみた本だろうとおもわれるかしれませんが、決してそんな本ではありません。昔からずーっと読みつがれている有名な本なのです。

わたしに孫ができたとき、この本にあやかって、その孫たちに読んでもらいたいとおもって「ZEROより愛をこめて」という話を「暮しの手帖」という雑誌に連載し、まとめて本にしました。その後『君は大丈夫か』という文庫本（筑摩書房）に変わりましたが、これは新藤兼人さんがつけてくださった書名でした。

やがて品切れになり、また絶版になりました。

また、その本を読んでくれた、わたしの孫も青年になりました。

はじめこの本は「子どもにあてて書いた手紙」というつもりでしたから、人にものを教える偉そうな口ぶりになっていました。これは反省しています。

今回、時代がかわっても、残すべき所は残し、たくさんのことを書き加え、わずらわしいところは大幅に省きました。すべて新しく書きなおし、書名も新しくしました。これは、このような意見を伝えたいという、山川出版社の考えでもありました。

本が読まれなくなったという時代だから、なおこの本を出したいとおもったのです。この本を出版することに賛同してくださった、山川出版社のみなさんに感謝します。

二〇一二年九月五日

安野光雅

わかれの歌

時の流れの　悲しみを
旅立ちの日に　悟るかな
わかれに汲むや　杯に
詫びたきことの　多かりき

わが行く道に　咲くあざみ
思い出の日を　語るらん
長き黒髪　いざさらば
並木の道よ　いざさらば

わかれの時は　近づきぬ
杯を乾せ　わが友よ
われ等があつき　青雲の
誓いをたれに　語るべき

世の常ながら　わかれては
明日からいかに　生きるべき
言いそびれたる　わが思い
君を忘れじ　いつまでも

安野光雅（あんの・みつまさ）

一九二六年、島根県津和野町生まれ。山口師範学校研究科修了。一九七四年度芸術選奨文部大臣奨励賞、その後ケイト・グリナウェイ特別賞（イギリス）、最も美しい50冊の本賞（アメリカ）、BIB金のリンゴ賞（チェコスロバキア）、国際アンデルセン賞などを受賞。一九八八年に紫綬褒章、二〇〇八年に菊池寛賞を受ける。故郷津和野には「安野光雅美術館」がある。

主な著作

『算私語録』『絵のまよい道』『新編繪本三國志』『繪本 仮名手本忠臣蔵』（朝日新聞社）、『ふしぎなえ』『旅の絵本』『ABCの本』（福音館）、『繪本平家物語』『繪本シェイクスピア劇場』（講談社）、『安野光雅・文集（全六巻）』（筑摩書房）、『津和野』（岩崎書店）、『むかしの子どもたち』『明日香』（NHK出版）、『絵のある人生』（岩波書店）、『絵の教室』（中央公論新社）、『絵のある自伝』（文藝春秋）、『口語訳 即興詩人』『安野光雅』（山川出版社）ほか多数。

わが友《とも》の旅立《たびだ》ちの日《ひ》に

二〇一二年 十月十五日 第一版第一刷発行
二〇一二年十一月二十日 第一版第三刷発行

著者 安野光雅
発行者 野澤伸平
発行所 株式会社 山川出版社
東京都千代田区内神田一―一三―一三
〒一〇一―〇〇四七
振替〇〇一二〇―九―四三九九三
電話 〇三（三二九三）八一三一（営業）
〇三（三二九三）一八〇二（編集）
企画・編集 山川図書出版株式会社
印刷所 半七写真印刷工業株式会社
製本所 株式会社ブロケード

造本には十分注意しておりますが、万一、乱丁・落丁本などがございましたら、小社営業部宛にお送りください。送料小社負担にてお取替えいたします。
定価はカバーに表示してあります。

ISBN 978-4-634-15023-2